100分間で楽しむ名作小説

走れメロス

太宰 治

角川文庫
24082

目次

走れメロス

メロスは激怒《げきど》した。必ず、かの邪智暴虐《じゃちぼうぎゃく》の王を除かなければならぬと決意した。メロスには政治がわからぬ。メロスは、村の牧人である。笛を吹《ふ》き、羊と遊んで暮して来た。けれども邪悪に対しては、人一倍に敏感《びんかん》であった。きょう未明メロスは村を出発し、野を越《こ》え山越え、十里はなれた此《こ》のシラクスの市にやって来た。メロスには父も、母も無い。女房も無い。十六の、内気な妹と二人暮しだ。この妹は、村の或《あ》る律気《りちぎ》な一牧人を、近々、花婿《はなむこ》として迎《むか》える事になっていた。結婚式《けっこんしき》も間近かなのである。メロスは、それゆえ、花嫁《はなよめ》の衣裳《いしょう》やら祝宴《しゅくえん》の御馳走《ごちそう》やらを買いに、はるばる市にやって来たのだ。先《ま》ず、その品々を買い集め、それから都の大路をぶらぶら歩いた。メロスには竹馬の友があった。セリヌンティウスである。

今は此のシラクスの市で、石工《いしく》をしている。その友を、これから訪ねてみるつもりなのだ。久しく逢《あ》わなかったのだから、訪ねて行くのが楽しみである。歩いているうちにメロスは、まちの様子を怪《あや》しく思った。ひっそりしている。もう既《すで》に日も落ちて、まちの暗いのは当りまえだが、けれども、なんだか、夜のせいばかりでは無く、市全体が、やけに寂《さび》しい。のんきなメロスも、だんだん不安になって来た。路《みち》で逢った若い衆《しゅ》をつかまえて、何かあったのか、二年まえに此の市に来たときは、夜でも皆が歌をうたって、まちは賑《にぎ》やかであった筈《はず》だが、と質問した。若い衆は、首を振《ふ》って答えなかった。しばらく歩いて老爺《ろうや》に逢い、こんどはもっと、語勢を強くして質問した。老爺は答えなかった。メロスは両手で老爺のからだをゆすぶって質問を重ねた。老爺は、あたりをはばかる低声で、わずか答えた。

「王様は、人を殺します。」

「なぜ殺すのだ。」

「悪心を抱《いだ》いている、というのですが、誰もそんな、悪心を持っては居《お》りませぬ。」

「たくさんの人を殺したのか。」

「はい、はじめは王様の妹婿《いもうとむこ》さまを。それから、御自身のお世嗣《よつぎ》を。それから、妹さまを。それから、妹さまの御子《おこ》さまを。それから、皇后《こうごう》さまを。それから、賢臣《けんしん》のアレキス様を。」

「おどろいた。国王は乱心か。」

「いいえ、乱心ではございませぬ。人を、信ずる事が出来ぬ、というのです。このごろは、臣下の心をも、お疑いになり、少しく派手な暮しをしている者には、人質《ひとじち》ひとりずつ差し出すことを命じて居ります。御命令を拒《こば》めば十字架《じゅうじか》にかけられて、殺されます。きょうは、六人殺されました。」

聞いて、メロスは激怒した。「呆《あき》れた王だ。生かして置けぬ。」

メロスは、単純な男であった。買い物を、背負ったままで、のそのそ王城にはいって行った。たちまち彼は、巡邏《じゅんら》の警吏《けいり》に捕縛《ほばく》された。調べられて、メロスの懐中《かいちゅう》からは短剣《たんけん》が出て来たので、騒《さわ》ぎが大きくなってしまった。メロスは、王の前に引き出された。

「この短刀で何をするつもりであったか。言え!」暴君ディオニスは静かに、けれども威厳《いげん》を以《もっ》て問いつめた。その王の顔は蒼白《そうはく》で、眉間《みけん》の皺《しわ》は、刻み込まれたように深かった。

「市を暴君の手から救うのだ。」とメロスは悪びれずに答えた。

「おまえがか?」王は、憫笑《びんしょう》した。「仕方の無いやつじゃ。おまえには、わしの孤独《こどく》がわからぬ。」

「言うな!」とメロスは、いきり立って反駁《はんばく》した。「人の心を疑うのは、最も恥《は》ずべき悪徳だ。王は、民《たみ》の忠誠をさえ疑って居られる。」

「疑うのが、正当の心構えなのだと、わしに教えてくれたのは、おまえたちだ。人の心は、あてにならない。人間は、もともと私慾《しよく》のかたまりさ。信じては、ならぬ。」暴君は落着いて呟《つぶや》き、ほっと溜息《ためいき》をついた。「わしだって、平和を望んでいるのだが。」

「なんの為《ため》の平和だ。自分の地位を守る為か。」こんどはメロスが嘲笑《ちょうしょう》した。「罪の無い人を殺して、何が平和だ。」

「だまれ、下賤《げせん》の者。」王は、さっと顔を挙げて報《むく》いた。「口では、どんな清らかな事でも言える。わしには、人の腹綿の奥底が見え透《す》いてならぬ。おまえだって、いまに、磔《はりつけ》になってから、泣いて詫《わ》びたって聞かぬぞ。」

「ああ、王は悧巧《りこう》だ。自惚《うぬぼ》れているがよい。私は、ちゃんと死ぬる覚悟《かくご》で居るのに。命乞《ご》いなど決してしない。ただ、——」と言いかけて、メロスは足もとに視線を落し瞬時《しゅんじ》ためらい、「ただ、私に情をかけたいつもりなら、処刑までに三日間の日限を与《あた》えて下さい。たった一人の妹に、亭主《ていしゅ》を持たせてやりたいのです。三日のうちに、私は村で結婚式を挙げさせ、必ず、ここへ帰って来ます。」

「ばかな。」と暴君は、嗄《しわが》れた声で低く笑った。「とんでもない嘘《うそ》を言うわい。逃《に》がした小鳥が帰って来るというのか。」

「そうです。帰って来るのです。」メロスは必死で言い張った。「私は約束を守ります。私を、三日間だけ許して下さい。妹が、私の帰りを待っているのだ。そんなに私を信じられないならば、よろしい、この市にセリヌンティウスという石工がいます。私の無二の友人だ。あれを、人質としてここに置いて行こう。私が逃げてしまって、三日目の日暮まで、ここに帰って来なかったら、あの友人を絞め殺《し》して下さい。たのむ。そうして下さい。」

それを聞いて王は、残虐《ざんぎゃく》な気持で、そっと北叟笑《ほくそえ》んだ。生意気なことを言うわい。どうせ帰って来ないにきまっている。この嘘つきに騙《だま》された振りして、放してやるのも面白《おもしろ》い。そうして身代りの男を、三日目に殺してやるのも気味がいい。人は、これだから信じられぬと、わしは悲しい顔して、その身代りの男を磔刑《たっけい》に処してやるのだ。世の中の、正直者とかいう奴輩《やつばら》にうんと見せつけてやりたいものさ。

「願いを、聞いた。その身代りを呼ぶがよい。三日目には日没《にちぼつ》までに帰って来い。おくれたら、その身代りを、きっと殺すぞ。ちょっとおくれて来るがいい。おまえの罪は、永遠にゆるしてやろうぞ。」

「なに、何をおっしゃる。」

「はは。いのちが大事だったら、おくれて来い。おまえの心は、わかっているぞ。」

メロスは口惜《くや》しく、地団駄《じだんだ》踏《ふ》んだ。ものも言いたくなくなった。

竹馬の友、セリヌンティウスは、深夜、王城に召《め》された。暴君ディオニスの面前で、佳《よ》き友と佳き友は、二年ぶりで相逢《あいお》うた。メロスは、友に一切《いっさい》の事情を語った。セリヌンティウスは無言で首肯《うなず》き、メロスをひしと抱《だ》きしめた。友と友の間は、それでよかった。セリヌンティウスは、縄打たれた。メロスは、すぐに出発した。初夏、満天の星である。

メロスはその夜、一睡《いっすい》もせず十里の路を急ぎに急いで、村へ到着《とうちゃく》したのは、翌《あく》る日の午前、陽《ひ》は既に高く昇《のぼ》って、村人たちは野に出て仕事をはじめていた。メロスの十六の妹も、きょうは兄の代りに羊群の番をしていた。よろめいて歩いて来る兄の、疲労困憊《ひろうこんぱい》の姿を見つけて驚《おどろ》いた。そうして、うるさく兄に質問を浴びせた。

「なんでも無い。」メロスは無理に笑おうと努めた。「市に用事を残して来た。またすぐ市に行かなければならぬ。あす、おまえの結婚式を挙げる。早いほうがよかろう。」

妹は頬《ほお》をあからめた。

「うれしいか。綺麗《きれい》な衣裳《いしょう》も買って来た。さあ、これから行って、村の人たちに知らせて来い。結婚式は、あすだと。」

メロスは、また、よろよろと歩き出し、家へ帰って神々の祭壇《さいだん》を飾《かざ》り、祝宴《しゅくえん》の席を調《ととの》え、間もなく床《とこ》に倒《たお》れ伏《ふ》し、呼吸もせぬくらいの深い眠《ねむ》りに落ちてしまった。

眼《め》が覚めたのは夜だった。メロスは起きてすぐ、花婿《はなむこ》の家を訪《おとず》れた。そうして、少し事情があるから、結婚式を明日にしてくれ、と頼《たの》んだ。婿の牧人は驚き、それはいけない、こちらには未《ま》だ何の仕度《したく》も出来ていない、葡萄《ぶどう》の季節まで待ってくれ、と答えた。メロスは、待つことは出来ぬ、どうか明日にしてくれ給《たま》え、と更《さら》に押してたのんだ。婿の牧人も頑強《がんきょう》であった。なかなか承諾《しょうだく》してくれない。夜明けまで議論をつづけて、やっと、どうにか婿をなだめ、すかして、説き伏せた。結婚式は、真昼に行われた。新郎新婦の、神々への宣誓《せんせい》が済んだころ、黒雲が空を覆《おお》い、ぽつりぽつり雨が降り出し、やがて車軸《しゃじく》を流すような大雨となった。祝宴《しゅくえん》に列席していた村人たちは、何か不吉《ふきつ》なものを感じたが、それでも、めいめい気持を引きたて、狭《せま》い家の中で、むんむん蒸《む》し暑いのも怺《こら》え、陽気に歌をうたい、手を拍《う》った。メロスも、満面に喜色を湛《たた》え、しばらくは、王とのあの約束をさえ忘れていた。祝宴は、夜に入っていよいよ乱れ華《はな》やかになり、人々は、外の豪雨《ごうう》を全く気にしなくなった。メロスは、一生このままここにいたい、と思った。この佳い人たちと生涯《しょうがい》暮して行きたいと願ったが、いまは、自分のからだで、自分のものでは無い。ままならぬ事である。メロスは、わが身に鞭《むち》打ち、ついに出発を決意した。あすの日没までには、まだ十分の時が在る。ちょっと一眠りして、それからすぐに出発しよう、と考えた。その頃《ころ》には、雨も小降りになっていよう。少しでも永くこの家に愚《ぐ》図愚図《ずぐず》とどまっていたかった。メロスほどの男にも、やはり未練の情というものは在る。今宵呆然《こよいぼうぜん》、歓喜《かんき》に酔《よ》っているらしい花嫁に近寄り、

「おめでとう。私は疲《つか》れてしまったから、ちょっとご免《めん》こうむって眠りたい。眼が覚めたら、すぐに市に出かける。大切な用事があるのだ。私がいなくても、もうおまえには優《やさ》しい亭主があるのだから、決して寂しい事は無い。おまえの兄の、一ばんきらいなものは、人を疑う事と、それから、嘘《うそ》をつく事だ。おまえも、それは、知っているね。亭主との間に、どんな秘密でも作ってはならぬ。おまえに言いたいのは、それだけだ。おまえの兄は、たぶん偉《えら》い男なのだから、おまえもその誇《ほこ》りを持っていろ。」

花嫁は、夢見心地《ごこち》で首肯いた。メロスは、それから花婿の肩《かた》をたたいて、

「仕度の無いのはお互《たが》いさまさ。私の家にも、宝といっては、妹と羊だけだ。他《ほか》には、何も無い。全部あげよう。もう一つ、メロスの弟になったことを誇ってくれ。」

花婿は揉《も》み手して、てれていた。メロスは笑って村人たちにも会釈《えしやく》して、

宴席から立ち去り、羊小屋にもぐり込んで、死んだように深く眠った。

眼が覚めたのは翌る日の薄明《はくめい》の頃である。メロスは跳《は》ね起き、南無三《なむさん》、寝過したか、いや、まだまだ大丈夫《だいじょうぶ》、これからすぐに出発すれば、約束の刻限までには十分間に合う。きょうは是非《ぜひ》とも、あの王に、人の信実の存するところを見せてやろう。そうして笑って磔《はりつけ》の台に上ってやる。メロスは、悠々《ゆうゆう》と身仕度をはじめた。雨も、いくぶん小降りになっている様子である。身仕度は出来た。さて、メロスは、ぶるんと両腕《うで》を大きく振《ふ》って、雨中、矢の如《ごと》く走り出た。

私は、今宵、殺される。殺される為に走るのだ。身代りの友を救う為に走るのだ。王の奸佞邪智《かんねいじゃち》を打ち破る為に走るのだ。走らなければならぬ。そうして、私は殺される。若い時から名誉《めいよ》を守れ。さらば、ふるさと。若いメロスは、つらかった。幾度《いくど》か、立ちどまりそうになった。えい、えいと大声挙げて自身を叱《しか》りながら走った。村を出て、野を横切り、森をくぐり抜《ぬ》け、隣村に着いた頃には、雨も止《や》み、日は高く昇って、そろそろ暑くなって来た。メロスは額《ひたい》の汗《あせ》をこぶしで払《はら》い、ここまで来れば大丈夫、もはや故郷への未練は無い。妹たちは、きっと佳い夫婦になるだろう。私には、いま、なんの気がかりも無い筈《はず》だ。まっすぐに王城に行き着けば、それでよいのだ。そんなに急ぐ必要も無い。ゆっくり歩こう、と持ちまえの呑気《のんき》さを取り返し、好きな小歌をいい声で歌い出した。ぶらぶら歩いて二里行き三里行き、そろそろ全里程の半ばに到達した頃、降って湧《わ》いた災難、メロスの足は、はたと、とまった。見よ、前方の川を。きのうの豪雨で山の水源地は氾濫《はんらん》し、濁流滔々《だくりゅうとうとう》と下流に集り、猛勢《もうせい》一挙に橋を破壊《はかい》し、どうどうと響《ひび》きをあげる激流が、木葉微塵《こっぱみじん》に橋桁《はしげた》を跳ね飛ばしていた。彼は茫《ぼう》然《ぜん》と、立ちすくんだ。あちこちと眺《なが》めまわし、また、声を限りに呼びたててみたが、繋舟《けいしゅう》は残らず浪《なみ》に浚《さら》われて影《かげ》なく、渡守《わたしもり》りの姿も見えない。流れはいよいよ、ふくれ上り、海のようになっている。メロスは川岸にうずくまり、男泣きに泣きながらゼウスに手を挙げて哀願《あいがん》した。「ああ、鎮《しず》めたまえ、荒《あ》れ狂《くる》う流れを！　時は刻々に過ぎて行きます。太陽も既《すで》に真昼時です。あれが沈《しず》んでしまわぬうちに、王城に行き着くことが出来なかったら、あの佳い友達が、私のために死ぬのです。」

濁流は、メロスの叫《さけ》びをせせら笑う如く、ますます激しく躍《おど》り狂う。浪は浪を呑《の》み、捲《ま》き、煽《あお》り立て、そうして時は、刻一刻と消えて行く。今はメロスも覚悟《かくご》した。泳ぎ切るより他《ほか》に無い。ああ、神々も照覧あれ！　濁流にも負けぬ愛と誠《まこと》の偉大《いだい》な力を、いまこそ発揮して見せる。メロスは、ざんぶと流れに飛び込み、百匹《ぴき》の大蛇《だいじゃ》のようにのた打ち荒れ狂う浪を相手に、必死の闘争《とうそう》を開始した。満身の力を腕にこめて、押し寄せ渦巻《うずま》き引きずる流れを、なんのこれしきと掻《か》きわけ掻きわけ、めくらめっぽう獅子《しし》奮《ふん》迅《じん》の人の子の姿には、神も哀《あわ》れと思ったか、ついに憐愍《れんびん》を垂れてくれた。押し流されつつも、見事、対岸の樹木の幹に、すがりつく事が出来たのである。ありがたい。メロスは馬のように大きな胴震《どうぶる》いを一つして、すぐにまた先きを急いだ。一刻といえども、むだには出来ない。陽《ひ》は既に西に傾《かたむ》きかけている。ぜいぜい荒《あら》い呼吸をしながら峠《とうげ》をのぼり、のぼり切って、ほっとした時、突然《とつぜん》、目の前に一隊の山賊《さんぞく》が躍り出た。

「待て。」

「何をするのだ。私は陽の沈まぬうちに王城へ行かなければならぬ。放せ。」

「どっこい放さぬ。持ちもの全部を置いて行け。」

「私にはいのちの他には何も無い。その、たった一つの命も、これから王にくれてやるのだ。」

「その、いのちが欲《ほ》しいのだ。」

「さては、王の命令で、ここで私を待ち伏せしていたのだな。」

山賊たちは、ものも言わず一斉《いっせい》に棍棒《こんぼう》を振り挙げた。メロスはひょいと、からだを折り曲げ、飛鳥《あすか》の如く身近かの一人に襲《おそ》いかかり、その棍棒を奪《うば》い取って、

「気の毒だが正義のためだ！」と猛然一撃《いちげき》、たちまち、三人を殴《なぐ》り倒し、残る者のひるむ隙《すき》に、さっさと走って峠を下った。一気に峠を駈《か》け降りた

が、流石《さすが》に疲労し、折から午後の灼熱《しゃくねつ》の太陽がまともに、かっと照って来て、メロスは幾度となく眩暈《めまい》を感じ、これではならぬ、と気を取り直しては、よろよろ二、三歩あるいて、ついに、がくりと膝《ひざ》を折った。立ち上る事が出来ぬのだ。天を仰《あお》いで、くやし泣きに泣き出した。ああ、あ、濁流を泳ぎ切り、山賊を三人も撃《う》ち倒し韋駄天《いだてん》、ここまで突破して来たメロスよ。真の勇者、メロスよ。今、ここで、疲れ切って動けなくなるとは情無い。愛する友は、おまえを信じたばかりに、やがて殺されなければならぬ。おまえは、稀代《きたい》の不信の人間、まさしく王の思う壺《つぼ》だぞ、と自分を叱《しか》ってみるのだが、全身萎《な》えて、もはや芋虫《いもむし》ほどにも前進かなわぬ。路傍《ろぼう》の草原にごろりと寝《ね》ころがった。身体疲労すれば、精神も共にやられる。もう、どうでもいいという、勇者に不似合いな不貞腐《ふてくさ》れた根性《こんじょう》が、心の隅《すみ》に巣喰《すく》った。私は、これほど努力したのだ。約束を破る心は、みじんも無かった。神も照覧、私は精一ぱいに努めて来たのだ。動けなくなるまで走って来たのだ。私は不信の徒では無い。ああ、できる事なら私の胸を截《た》ち割って、真紅《しんく》の心臓をお目に掛《か》けたい。愛と信実の血液だけで動いているこの心臓を見せてやりたい。けれども私は、この大事な時に、精も根も尽《つ》きたのだ。私は、よくよく不幸な男だ。私は、きっと笑われる。私の一家も笑われる。私は友を欺《あざむ》いた。中途《ちゅうと》で倒《たお》れるのは、はじめから何もしないのと同じ事だ。ああ、もう、どうでもいい。これが、私の定った運命なのかも知れない。セリヌンティウスよ、ゆるしてくれ。君は、いつでも私を信じた。私も君を、欺かなかった。私たちは、本当に佳《よ》い友と友であったのだ。いちどだって、暗い疑惑《ぎわく》の雲を、お互い胸に宿したことは無かった。いまだって、君は私を無心に待っているだろう。ああ、待っているだろう。ありがとう、セリヌンティウス。よくも私を信じてくれた。それを思えば、たまらない。友と友の間の信実は、この世で一ばん誇るべき宝なのだからな。セリヌンティウス、私は走ったのだ。君を欺くつもりは、みじんも無かった。信じてくれ！　私は急ぎに急いでここまで来たのだ。濁流を突破した。山賊の囲みからも、するりと抜けて一気に峠を駈け降りて来たのだ。私だから、出来たのだよ。ああ、この上、私に望み給《たも》うな。放《ほう》って置いてくれ。どうでも、いいのだ。私は負けたのだ。だらしが無い。笑ってくれ。王は私に、ちょっとおくれて来い、と耳打ちした。おくれたら、身代りを殺して、私を助けてくれると約束した。私は王の卑劣《ひれつ》を憎《にく》んだ。けれども、今になってみると、私は王の言うままになっている。私は、おくれて行くだろう。王は、ひとり合点《がてん》して私を笑い、そうして事も無く私を放免《ほうめん》するだろう。そうなったら、私は、死ぬよりつらい。私は、永遠に裏切者だ。地上で最も、不名誉の人種だ。セリヌンティウスよ、私も死ぬぞ。君と一緒《いっしょ》に死なせてくれ。君だけは私を信じてくれるにちがい無い。いや、それも私の、ひとりよがりか？　ああ、もういっそ、悪徳者として生き伸《の》びてやろうか。村には私の家が在る。羊も居る。妹夫婦は、まさか私を村から追い出すような事はしないだろう。正義だの、信実だの、愛だの、考えてみれば、くだらない。人を殺して自分が生きる。それが人間世界の定法ではなかったか。ああ、何もかも、ばかばかしい。私は、醜《みにく》い裏切り者だ。どうとも、勝手にするがよい。やんぬる哉《かな》。――四肢《しし》を投げ出して、うとうと、まどろんでしまった。

ふと耳に、潺々《せんせん》、水の流れる音が聞えた。そっと頭をもたげ、息を呑《の》んで耳をすました。すぐ足もとで、水が流れているらしい。よろよろ起き上って、見ると、岩の裂目《さけめ》から滾々《こんこん》と、何か小さく囁《ささや》きながら清水が湧《わ》き出ているのである。その泉に吸い込まれるようにメロスは身をかがめた。水を両手で掬《すく》って、一くち飲んだ。ほうと長い溜息《ためいき》が出て、夢から覚めたような気がした。歩ける。行こう。肉体の疲労恢復《ひろうかいふく》と共に、わずかながら希望が生れた。義務遂行《すいこう》の希望である。わが身を殺して、名誉《めいよ》を守る希望である。斜陽《しゃよう》は赤い光を、樹々の葉に投じ、葉も枝も燃えるばかりに輝《かがや》いている。日没《にちぼつ》までには、まだ間がある。私を、待っている人があるのだ。少しも疑わず、静かに期待してくれている人があるのだ。私は、信じられている。私の命なぞは、問題ではない。死んでお詫《わ》び、などと気のいい事は言って居《お》られぬ。私は、信頼《しんらい》に報《むく》いなければならぬ。いまはただその一事だ。走れ！　メロス。

私は信頼されている。私は信頼されている。先刻の、あの悪魔《あくま》の囁きは、あれは夢だ。悪い夢だ。忘れてしまえ。五臓が疲《つか》れているときは、ふいとあんな悪い夢を見るものだ。メロス、おまえの恥《はじ》ではない。やはり、おまえは真の勇者だ。再び立って走れるようになったではないか。ありがたい！　私は、正義の士として死ぬ事が出来るぞ。ああ、陽が沈む。ずんずん沈む。待ってくれ、ゼウスよ。私は生れた時から正直な男であった。正直な男のままにして死なせて下さい。

路《みち》行く人を押しのけ、跳《は》ねとばし、メロスは黒い風のように走った。野原で酒宴《しゅえん》の、その宴席のまっただ中を駈《か》け抜け、酒宴の人たちを仰天《ぎょうてん》させ、犬を蹴《け》とばし、小川を飛び越《こ》え、少しずつ沈んでゆく太陽の、十倍も早く走った。一団の旅人と颯《さ》っとすれちがった瞬間《しゅんかん》、不吉《ふきつ》な会話を小耳にはさんだ。「いまごろは、あの男も、磔《はりつけ》にかかっているよ。」ああ、その男、その男のために私は、いまこんなに走っているのだ。その男を死なせてはならない。急げ、メロス。おくれてはならぬ。愛と誠の力を、いまこそ知らせてやるがよい。風態《ふうてい》なんかは、どうでもいい。メロスは、いまは、ほとんど全裸体であった。呼吸も出来ず、二度、三度、口から血が噴き出た。見える。はるか向うに小さく、シラクスの市の塔楼《とうろう》が見える。塔楼は、夕陽を受けてきらきら光っている。

「ああ、メロス様。」うめくような声が、風と共に聞えた。

「誰《だれ》だ。」メロスは走りながら尋《たず》ねた。

「フィロストラトスでございます。貴方《あなた》のお友達セリヌンティウス様の弟子《でし》でございます。」その若い石工《いしく》も、メロスの後について走りながら叫《さけ》んだ。「もう、駄目《だめ》でございます。むだでございます。走るのは、やめて下さい。もう、あの方《かた》をお助けになることは出来ません。」

「いや、まだ陽は沈まぬ。」

「ちょうど今、あの方が死刑になるところです。ああ、あなたは遅《おそ》かった。おうらみ申します。ほんの少し、もうちょっとでも、早かったなら！」

「いや、まだ陽《ひ》は沈《しず》まぬ。」メロスは胸の張り裂《さ》ける思いで、赤く大きい夕陽ばかりを見つめていた。走るより他《ほか》は無い。

「やめて下さい。走るのは、やめて下さい。いまはご自分のお命が大事です。あの方は、あなたを信じて居りました。刑場《けいじょう》に引き出されても、平気でいました。王様が、さんざんあの方をからかっても、メロスは来ます、とだけ答え、強い信念を持ちつづけている様子でございました。」

「それだから、走るのだ。信じられているから走るのだ。間に合う、間に合わぬは問題でないのだ。人の命も問題でないのだ。私は、なんだか、もっと恐《おそ》ろしく大きいものの為《ため》に走っているのだ。ついて来い！　フィロストラトス。」

「ああ、あなたは気が狂《くる》ったか。それでは、うんと走るがいい。ひょっとしたら、間に合わぬものでもない。走るがいい。」

言うにや及《およ》ぶ。まだ陽は沈まぬ。最後の死力を尽《つく》して、メロスは走った。メロスの頭は、からっぽだ。何一つ考えていない。ただ、わけのわからぬ大きな力にひきずられて走った。陽は、ゆらゆら地平線に没《ぼっ》し、まさに最後の一片の残光も、消えようとした時、メロスは疾風《しっぷう》の如《ごと》く刑場に突入《とつにゅう》した。間に合った。

「待て。その人を殺してはならぬ。メロスが帰って来た。約束のとおり、いま、帰って来た。」と大声で刑場の群衆にむかって叫んだつもりであったが、喉《のど》がつぶれて嗄《しわが》れた声が幽《かす》かに出たばかり、群衆は、ひとりとして彼の到着《とうちゃく》に気がつかない。すでに磔の柱が高々と立てられ、縄を打たれたセリヌンティウスは、徐々《じょじょ》に釣《つ》り上げられてゆく。メロスはそれを目撃《もくげき》して最後の勇、先刻、濁流《だくりゅう》を泳いだように群衆を掻《か》きわけ、掻きわけ、

「私だ。刑吏《けいり》！　殺されるのは、私だ。メロスだ。彼を人質《ひとじち》にした私は、ここにいる！」と、かすれた声で精一ぱいに叫びながら、ついに磔台に昇《のぼ》り、釣り上げられてゆく友の両足に、齧《かじ》りついた。群衆は、どよめいた。あっぱれ。ゆるせ、と口々にわめいた。セリヌンティウスの縄は、ほどかれたのである。

「セリヌンティウス。」メロスは眼《め》に涙《なみだ》を浮《う》べて言った。「私を殴《なぐ》れ。ちから一ぱいに頰《ほお》を殴れ。私は、途中《とちゅう》で一度、悪い夢を見た。君が若《も》し私を殴ってくれなかったら、私は君と抱擁《ほうよう》する資格さえ無いのだ。殴れ。」

セリヌンティウスは、すべてを察した様子で首肯《うなず》き、刑場一ぱいに鳴り響《ひび》くほど音高くメロスの右頰を殴った。殴ってから優《やさ》しく微笑《ほほえ》み、

「メロス、私を殴れ。同じくらい音高く私の頰を殴れ。私はこの三日の間、たった一度だけ、ちらと君を疑った。生れて、はじめて君を疑った。君が私を殴ってくれなければ、私は君と抱擁できない。」

メロスは腕《うで》に唸《うな》りをつけてセリヌンティウスの頰を殴った。

「ありがとう、友よ。」二人同時に言い、ひしと抱《だ》き合い、それから嬉《うれ》し泣きにおいおい声を放って泣いた。

群衆の中からも、歔欷《すすりなき》の声が聞えた。暴君ディオニスは、群衆の背後から二人の様を、まじまじと見つめていたが、やがて静かに二人に近づき、顔をあからめて、こう言った。

「おまえらの望みは叶《かな》ったぞ。おまえらは、わしの心に勝ったのだ。信実とは、決して空虚《くうきょ》な妄想《もうそう》ではなかった。どうか、わしをも仲間に入れてくれまいか。どうか、わしの願いを聞き入れて、おまえらの仲間の一人にしてほしい。」

どっと群衆の間に、歓声《かんせい》が起った。

「万歳《ばんざい》、王様万歳。」

ひとりの少女が、緋《ひ》のマントをメロスに捧《ささ》げた。メロスは、まごついた。佳《よ》き友は、気をきかせて教えてやった。

「メロス、君は、まっぱだかじゃないか。早くそのマントを着るがいい。この可愛《かわい》い娘《むすめ》さんは、メロスの裸体《らたい》を、皆《みな》に見られるのが、たまらなく口《く》惜《や》しいのだ。」

勇者は、ひどく赤面した。

（古伝説と、シルレルの詩から。）

富嶽《ふがく》百景

富士の頂角、広重《ひろしげ》の富士は八十五度、文晁《ぶんちょう》の富士も八十四度くらい、けれども、陸軍の実測図によって東西及《および》南北に断面図を作ってみると、東西縦断は頂角、百二十四度となり、南北は百十七度である。広重、文晁に限らず、たいていの絵の富士は、鋭角である。いただきが、細く、高く、華奢《きやしゃ》である。北斎《ほくさい》にいたっては、その頂角、ほとんど三十度くらい、エッフェル鉄塔《てっとう》のような富士をさえ描《えが》いている。けれども、実際の富士は、鈍《どん》角《かく》も鈍角、のろくさと拡《ひろ》がり、東西、百二十四度、南北は百十七度、決して、秀抜《しゅうばつ》の、すらと高い山ではない。たとえば私が、印度《インド》かどこかの国から、突然《とつぜん》、鷲《わし》にさらわれ、すとんと日本の沼津《ぬまづ》あたりの海岸に落され、ふと、この山を見つけても、そんなに驚嘆《きょうたん》しないだろう。ニッポンのフジヤマを、あらかじめ憧《あこが》れているからこそ、ワンダフルなのであって、そうでなくて、そのような俗《ぞく》な宣伝を、一さい知らず、素朴《そぼく》な、純粋《じゅんすい》の、うつろな心に、果して、どれだけ訴《うった》え得るか、そのことになると、多少、心細い山である。低い。裾《すそ》のひろがっている割に、低い。あれくらいの裾を持っている山ならば、少くとも、もう一・五倍、高くなければいけない。

十国峠《じっこくとうげ》から見た富士だけは、高かった。あれは、よかった。はじめ、雲のために、いただきが見えず、私は、その裾の勾配《こうばい》から判断して、たぶん、あそこあたりが、いただきであろうと、雲の一点にしるしをつけて、そのうちに、雲が切れて、見ると、ちがった。私が、あらかじめ印《しるし》をつけて置いたところより、その倍も高いところに、青い頂《いただ》きが、すっと見えた。おどろいた、というよりも私は、へんにくすぐったく、げらげら笑った。やっていやがる、と思った。人は、完全のたのもしさに接すると、まず、だらしなくげらげら笑うものらしい。全身のネジが、他愛《たわい》なくゆるんで、之《これ》はおかしな言いかたであるが、帯紐《おびひも》といて笑うといったような感じである。諸君が、もし恋人《こいびと》と逢《あ》って、逢ったとたんに、恋人がげらげら笑い出したら、慶祝《けいしゆく》である。必ず、恋人の非礼をとがめてはならぬ。恋人は、君に逢って、君の完全のたのもしさを、全身に浴びているのだ。

東京の、アパートの窓から見る富士は、くるしい。冬には、はっきり、よく見える。小さい、真白い三角《さんかく》が、地平線にちょこんと出ていて、それが富士だ。なんのことはない、クリスマスの飾《かざ》り菓子である。しかも左のほうに、肩《かた》が傾《かたむ》いて心細く、船尾《せんび》のほうからだんだん沈没《ちんぼつ》しかけてゆく軍《ぐん》艦《かん》の姿に似ている。三年まえの冬、私は或《あ》る人から、意外の事実を打ち明けられ、途方《とほう》に暮れた。その夜、アパートの一室で、ひとりで、がぶがぶ酒のんだ。一睡もせず、酒のんだ。あかつき、小用《こよう》に立って、アパートの便所の金網《かなあみ》張られた四角い窓から、富士が見えた。小さく、真白で、左のほうにちょっと傾いて、あの富士を忘れない。窓の下のアスファルト路を、さかなやの自転車が疾駆《しつく》し、おう、けさは、やけに富士がはっきり見えるじゃねえか、めっぽう寒いや、など呟《つぶや》きのこして、私は、暗い便所の中に立ちつくし、窓の金網撫《な》でながら、じめじめ泣いて、あんな思いは、二度と繰りかえしたくない。

昭和十三年の初秋、思いをあらたにする覚悟《かくご》で、私は、かばんひとつさげて旅に出た。

甲州《こうしゅう》。ここの山々の特徴《とくちょう》は、山々の起伏《きふく》の線の、へんに虚《むな》しい、なだらかさに在る。小島烏水《こじまうすい》という人の日本山水論にも、「山の拗《す》ね者は多く、此土《このど》に仙遊《せんゆう》するが如《ごと》し。」と在った。甲州の山々は、あるいは山の、げてものなのかも知れない。私は、甲府市《こうふ》からバスにゆられて一時間。御坂峠《みさかとうげ》へたどりつく。

御坂峠、海抜《かいばつ》千三百米《メートル》。この峠の頂上に、天下茶屋という、小さい茶店があって、井伏鱒二《いぶせますじ》氏が初夏のころから、ここの二階に、こもって仕事をして居《お》られる。私は、それを知ってここへ来た。井伏氏のお仕事の邪魔《じゃま》にならないようなら、隣室《りんしつ》でも借りて、私も、しばらくそこで仙遊しようと思っていた。

井伏氏は、仕事をして居られた。私は、井伏氏のゆるしを得て、当分その茶屋に落ちつくことになって、それから、毎日、いやでも富士と真正面から、向き合っていなければならなくなった。この峠は、甲府から東海道《とうかいどう》に出る鎌倉往還《かまくらおうかん》の衝《しょう》に当っていて、北面富士の代表観望台であると言われ、ここから見た富士は、むかしから富士三景の一つにかぞえられているのだそうであるが、私は、あまり好かなかった。好かないばかりか、軽蔑《けいべつ》さえした。あまりに、おあつらいむきの富士である。まんなかに富士があって、その下に河口湖《かわぐちこ》が白く寒々とひろがり、近景の山々がその両袖《りょうそで》にひっそり蹲《うずくま》って湖を抱《だ》きかかえるようにしている。私は、ひとめ見て、狼狽《ろうばい》し、顔を赤らめた。これは、まるで、風呂屋《ふろや》のペンキ画だ。芝居《しばい》の書割《かきわり》だ。どうにも註文《ちゅうもん》どおりの景色で、私は、恥《は》ずかしくてならなかった。

私が、その峠の茶屋へ来て二、三日経《た》って、井伏氏の仕事も一段落ついて、或る晴れた午後、私たちは三ツ峠《みつとうげ》へのぼった。三ツ峠、海抜千七百米。御坂峠より、少し高い。急坂を這《は》うようにしてよじ登り、一時間ほどにして三ツ峠頂上に達する。蔦《つた》かずら掻《か》きわけて、細い山路、這うようにしてよじ登る私の姿は、決して見よいものではなかった。井伏氏は、ちゃんと登山服着て居られて、軽快の姿であったが、私には登山服の持ち合せがなく、ドテラ姿であった。茶屋のドテラは短く、私の毛臑《けずね》は、一尺以上も露《ろ》出《しゅつ》して、しかもそれに茶屋の老爺《ろうや》から借りたゴム底の地下足袋《じかたび》をはいたので、われながらむさ苦しく、少し工夫《くふう》して、角帯《かくおび》をしめ、茶店の壁《かべ》にかかっていた古い麦藁帽《むぎわらぼう》をかぶってみたのであるが、いよいよ変で、井伏氏は、人のなりふりを決して軽蔑しない人であるが、このときだけは流石《さすが》に少し、気の毒そうな顔をして、男は、しかし、身なりなんか気にしないほうがいい、と小声で呟いて私をいたわってくれたのを、私は忘れない。とかくして頂上についたのであるが、急に濃《こ》い霧《きり》が吹《ふ》き流れて来て、頂上のパノラマ台という、断崖《だんがい》の縁《へり》に立ってみても、いっこうに眺望《ちょうぼう》がきかない。何も見えない。井伏氏は、濃い霧の底、岩に腰《こし》をおろし、ゆっくり煙草《たばこ》を吸いながら、放屁《ほうひ》なされた。いかにも、つまらなそうであった。パノラマ台には、茶店が三軒《げん》ならんで立っている。そのうちの一軒、老爺と老婆《ろうば》と二人きりで経営しているじみな一軒を選んで、そこで熱い茶を呑《の》んだ。茶店の老婆は気の毒がり、ほんとうに生憎《あいにく》の霧で、もう少し経ったら霧もはれると思いますが、富士は、ほんのすぐそこに、くっきり見えます、と言い、茶店の奥から富士の大きい写真を持ち出し、崖《がけ》の端《はし》に立ってその写真を両手で高く掲示《けいじ》して、ちょうどこの辺に、このとおりに、こんなに大きく、こんなにはっきり、このとおりに見えます、と懸命《けんめい》に註釈《ちゅうしゃく》するのである。私たちは、番茶をすすりながら、その富士を眺《なが》めて、笑った。いい富士を見た。霧の深いのを、残念にも思わなかった。

その翌々日であったろうか、井伏氏は、御坂峠を引きあげることになって、私も甲府までおともした。甲府で私は、或る娘《むすめ》さんと見合することになっていた。井伏氏に連れられて甲府のまちはずれの、その娘さんのお家《うち》へお伺《うかが》いした。井伏氏は、無雑作《むぞうさ》な登山服姿である。私は、角帯に、夏羽織を着ていた。娘さんの家のお庭には、薔薇《ばら》がたくさん植えられていた。母堂に迎《むか》えられて客間に通され、挨拶《あいさつ》して、そのうちに娘さんも出て来て、

私は、娘さんの顔を見なかった。井伏氏と母堂とは、おとな同士の、よもやまの話をして、ふと、井伏氏が、

「おや、富士。」と呟いて、私の背後の長押《なげし》を見あげた。私も、からだを捻《ね》じ曲げて、うしろの長押を見上げた。富士山頂大噴火口《ふんか》の鳥瞰《ちょうかん》写真が、額縁《がくぶち》にいれられて、かけられていた。まっしろい水蓮《すいれん》の花に似ていた。私は、それを見とどけ、また、ゆっくりからだを捻《ね》じ戻《もど》すとき、娘さんを、ちらと見た。きめた。多少の困難があっても、このひとと結婚《けっこん》したいものだと思った。あの富士は、ありがたかった。

井伏氏は、その日に帰京なされ、私は、ふたたび御坂にひきかえした。それから、九月、十月、十一月の十五日まで、御坂の茶屋の二階で、少しずつ、少しずつ、仕事をすすめ、あまり好かないこの「富士三景の一つ」と、へたばるほど対談した。

いちど、大笑いしたことがあった。大学の講師か何かやっている浪漫派《ろうまんは》の一友人が、ハイキングの途中、私の宿に立ち寄って、そのときに、ふた

り二階の廊下《ろうか》に出て、富士を見ながら、

「どうも俗《ぞく》だねえ。お富士さん、という感じじゃないか。」

「見ているほうで、かえって、てれるね。」

などと生意気なこと言って、煙草をふかし、そのうちに、友人は、ふと、

「おや、あの僧形《そうぎょう》のものは、なんだね？」と顎《あご》でしゃくった。

墨染《すみぞめ》の破れたころもを身にまとい、長い杖《つえ》を引きずり、富士を振《ふ》り仰《あお》ぎ振り仰ぎ、峠のぼって来る五十歳くらいの小男がある。

「富士見《ふじみ》西行《さいぎょう》、といったところだね。かたちが、できてる。」私は、その僧をなつかしく思った。「いずれ、名のある聖僧かも知れないね。」

「ばか言うなよ。乞食《こじき》だよ。」友人は、冷淡《れいたん》だった。

「いや、いや。脱俗《だつぞく》しているところがあるよ。歩きかたなんか、なかなか、できてるじゃないか。むかし、能因《のういん》法師が、この峠で富士をほめた歌を作ったそうだが、――」

私が言っているうちに友人は、笑い出した。

「おい、見給《みたま》え。できてないよ。」能因法師は、茶店のハチという飼犬に吠《ほ》えられて、周章《しゅうしょう》狼狽であった。その有様は、いやになるほど、みっともなかった。

「だめだねえ。やっぱり。」私は、がっかりした。

乞食の狼狽は、むしろ、あさましいほどに右往左往、ついには杖をかなぐり捨て、取り乱し、取り乱し、いまはかなわずと退散した。実に、それは、できてなかった。富士も俗なら、法師も俗だ。ということになって、いま思い出しても、ばかばかしい。

新田《にった》という二十五歳の温厚《おんこう》な青年が、峠を降りきった岳麓《がくろく》の吉田《よしだ》という細長い町の、郵便局につとめていて、そのひとが、郵便物に依《よ》って、私がここに来ていることを知った、と言って、峠の茶屋をたずねて来た。二階の私の部屋で、しばらく話をして、ようやく馴《な》れて来たころ、新田は笑いながら、実は、もう二、三人、僕の仲間がありまして、皆《みな》で一緒《いっしょ》にお邪魔にあがるつもりだったのですが、いざとなると、どうも皆、しりごみしまして、太宰《だざい》さんは、ひどいデカダンで、それに、性格破産者だ、と佐藤春《さとうはる》夫《お》先生の小説に書いてございましたし、まさか、こんなまじめな、ちゃんとしたお方《かた》だとは、思いませんでしたから、僕も、無理に皆を連れて来るわけには、いきませんでした。こんどは、皆を連れて来ます。かまいませんでしょうか。

「それは、かまいませんけれど。」私は、苦笑《くしょう》していた。「それでは、君は、必死の勇をふるって、君の仲間を代表して僕を偵察《ていさつ》に来たわけですね。」

「決死隊でした。」新田は、率直《そっちょく》だった。「ゆうべも、佐藤先生のあの小説を、もういちど繰《く》りかえして読んで、いろいろ覚悟《かくご》をきめて来ました。」

私は、部屋の硝子《ガラス》戸越《ご》しに、富士を見ていた。富士は、のっそり黙《だま》って立っていた。偉《えら》いなあ、と思った。

「いいねえ。富士は、やっぱり、いいとこあるねえ。よくやってるなあ。」富士には、かなわないと思った。念々と動く自分の愛憎《あいぞう》が恥《は》ずかしく、富士は、やっぱり偉い、と思った。よくやってる、と思った。

「よくやっていますか。」新田には、私の言葉がおかしかったらしく、聡《そう》明《めい》に笑っていた。

新田は、それから、いろいろな青年を連れて来た。皆、静かなひとである。皆は、私を、先生、と呼んだ。私はまじめにそれを受けた。私には、誇《ほこ》るべき何もない。学問もない。才能もない。肉体よごれて、心もまずしい。けれども、苦悩《くのう》だけは、その青年たちに、先生、と言われて、だまってそれを受けていいくらいの、苦悩は、経て来た。たったそれだけ。藁《わら》一すじの自負である。けれども、私は、この自負だけは、はっきり持っていたいと思っている。わがままな駄々《だだ》っ子《こ》のように言われて来た私の、裏の苦悩を、一たい幾人《いくにん》知っていたろう。新田と、それから田辺《たなべ》という短歌の上手な青年と、二人は、井伏氏の読者であって、その安心もあって、私は、この二人と一ばん仲良くなった。いちど吉田に連れていってもらった。おそろしく細長い町であった。岳麓の感じがあった。富士に、日も、風もさえぎられて、ひょろひょろに伸《の》びた茎《くき》のようで、暗く、うすら寒い感じの町であった。道路に沿って清水が流れている。これは、岳麓の町の特徴《とくちょう》らしく、三島《みしま》でも、こんな工合《ぐあ》いに、町じゅうを清水が、どんどん流れている。富士の雪が溶《と》けて流れて来るのだ、とその地方の人たちが、まじめに信じている。吉田の水は、三島の水に較《くら》べると、水量も不足だし、汚《きたな》い。水を眺めながら、私は、話した。

「モウパスサンの小説に、どこかの令嬢《れいじょう》が、貴公子のところへ毎晩、河を泳いで逢《あ》いにいったと書いて在ったが、着物は、どうしたのだろうね。まさか、裸《はだか》ではなかろう。」

「そうですね。」青年たちも、考えた。「海水着じゃないでしょうか。」

「頭の上に着物を載《の》せて、むすびつけて、そうして泳いでいったのかな？」

青年たちは、笑った。

「それとも、着物のままはいって、ずぶ濡《ぬ》れの姿で貴公子と逢って、ふたりでストーヴでかわかしたのかな？　そうすると、かえるときには、どうするだろう。せっかく、かわかした着物を、またずぶ濡れにして、泳がなければいけない。心配だね。貴公子のほうで泳いで来ればいいのに。男なら、猿股《さるまた》一つで泳いでも、そんなにみっともなくないからね。貴公子、鉄鎚《かなづち》だったのかな？」

「いや、令嬢のほうで、たくさん惚《ほ》れていたからだと思います。」新田は、まじめだった。

「そうかも知れないね。外国の物語の令嬢は、勇敢《ゆうかん》で、可愛《かわい》いね。好きだとなったら、河を泳いでまで逢いに行くんだからな。日本では、そうはいかない。なんとかいう芝居《しばい》があるじゃないか。まんなかに川が流れて、両方の岸で男と姫君《ひめぎみ》とが、愁嘆《しゅうたん》している芝居が。あんなとき、何も姫君、愁嘆する必要がない。泳いでゆけば、どんなものだろう。芝居で見ると、とても狭《せま》い川なんだ。じゃぶじゃぶ渡《わた》っていったら、どんなもんだろう。あんな愁嘆なんて、意味ないね。同情しないよ。朝顔《あさがお》の大井川《おおいがわ》は、あれは大水《おおみず》で、それに朝顔は、めくらの身なんだし、あれには多少、同情するが、けれども、あれだって、泳いで泳げないことはない。大井川の棒杭《ぼうぐい》にしがみついて、天道《てんとう》さまを、うらんでいたんじゃ、意味ないよ。あ、ひとり在るよ。日本にも、勇敢なやつが、ひとり在ったぞ。あいつは、すごい。知ってるかい？」

「ありますか。」青年たちも、眼《め》を輝《かがや》かせた。

「清姫《きよひめ》。安珍《あんちん》を追いかけて、日高川《ひだかがわ》を泳いだ。泳ぎまくった。あいつは、すごい。ものの本《ほん》によると、清姫は、あのとき十四だったんだってね。」

路《みち》を歩きながら、ばかな話をして、まちはずれの田辺の知り合いらしい、ひっそり古い宿屋に着いた。

そこで飲んで、その夜の富士がよかった。夜の十時ごろ、青年たちは、私ひとりを宿に残して、おのおの家へ帰っていった。私は、眠《ねむ》れず、どてら姿で、外へ出てみた。おそろしく、明るい月夜だった。富士が、よかった。月光を受けて、青く透《す》きとおるようで、私は、狐《きつね》に化かされているような気がした。富士が、したたるように青いのだ。燐《りん》が燃えているような感じだった。鬼火《おにび》。狐火。ほたる。すすき。葛《くず》の葉。私は、足のないような気持で、夜道を、まっすぐに歩いた。下駄《げた》の音だけが、自分のものでないように、他《ほか》の生きもののように、からんころんからんころん、とても澄《す》んで響《ひび》く。そっと、振りむくと、富士がある。青く燃えて空に浮《うか》んでいる。私は溜息《ためいき》をつく。維新《いしん》の志士。鞍馬《くらま》天狗《てんぐ》。私は、自分を、それだと思った。ちょっと気取って、ふところ手して歩いた。ずいぶん自分が、いい男のように思われた。ずいぶん歩いた。財布《さいふ》を落した。五十銭銀貨が二十枚くらいはいっていたので、重すぎて、それで懐《ふところ》からするっと脱《ぬ》け落ちたのだろう。私は、不思議に平気だった。金がなかったら、御坂まで歩いてかえればいい。そのまま歩いた。ふと、いま来た路を、そのとおりに、もういちど歩けば、財布は在る、ということに気がついた。懐手《ふところで》のまま、ぶらぶら引きかえした。富士。月夜。維新の志士。財布を落した。興あるロマンスだと思った。財布は路のまんなかに光っていた。在るにきまっている。私は、それを拾って、宿へ帰って、寝《ね》た。

富士に、化かされたのである。私は、あの夜、阿呆《あほう》であった。完全に、無意志であった。あの夜のことを、いま思い出しても、へんに、だるい。

吉田に一泊《ぱく》して、あくる日、御坂へ帰って来たら、茶店のおかみさんは、にやにや笑って、十五の娘《むすめ》さんは、つんとしていた。私は、不潔なことをして来たのではないということを、それとなく知らせたく、きのう一日の行動を、聞かれもしないのに、ひとりでこまかに言いたてた。泊《とま》った宿屋の名前、吉田のお酒の味、月夜富士、財布を落したこと、みんな言った。娘さんも、気嫌《きげん》が直った。

「お客さん！　起きて見よ！」かん高い声で或《あ》る朝、茶店の外で、娘さんが絶叫《ぜっきょう》したので、私は、しぶしぶ起きて、廊下《ろうか》へ出て見た。

娘さんは、興奮して頰《ほお》をまっかにしていた。だまって空を指さした。見ると、雪。はっと思った。富士に雪が降ったのだ。山頂が、まっしろに、光りかがやいていた。御坂の富士も、ばかにできないぞと思った。

「いいね。」

とほめてやると、娘さんは得意そうに、

「すばらしいでしょう？」といい言葉使って、「御坂の富士は、これでも、だめ？」としゃがんで言った。私が、かねがね、こんな富士は俗《ぞく》でだめだ、と教えていたので、娘さんは、内心しょげていたのかも知れない。

「やはり、富士は、雪が降らなければ、だめなものだ。」もっともらしい顔をして、私は、そう教えなおした。

私は、どてら着て山を歩きまわって、月見草の種を両の手のひらに一ぱいとって来て、それを茶店の脊戸《せど》に播《ま》いてやって、

「いいかい、これは僕の月見草だからね、来年また来て見るのだからね、ここへお洗濯《せんたく》の水なんか捨てちゃいけないよ。」娘さんは、うなずいた。

ことさらに、月見草を選んだわけは、富士には月見草がよく似合うと、思い込んだ事情があったからである。御坂峠のその茶店は、謂《い》わば山中の一軒家《いっけんや》であるから、郵便物は、配達されない。峠の頂上から、バスで三十分程《ほど》ゆられて峠の麓《ふもと》、河口湖畔《はん》の、河口村という文字通りの寒村にたどり

着くのであるが、その河口村の郵便局に、私宛《あて》の郵便物が留め置かれて、私は三日に一度くらいの割で、その郵便物を受け取りに出かけなければならない。天気の良い日を選んで行く。ここのバスの女車掌《しゃしょう》は、遊覧客のために、格別風景の説明をして呉《く》れない。それでもときどき、思い出したように、甚《はなは》だ散文的な口調で、あれが三ッ峠、向うが河口湖、わかさぎという魚《さかな》がいます、など、物憂《ものう》そうな、呟《つぶや》きに似た説明をして聞せることもある。

河口局から郵便物を受取り、またバスにゆられて峠の茶屋に引返す途中《とちゅう》、私のすぐとなりに、濃《こ》い茶色の被布《ひふ》を着た青白い端正《たんせい》の顔の、六十歳くらい、私の母とよく似た老婆《ろうば》がしゃんと坐《すわ》っていて、女車掌が、思い出したように、みなさん、きょうは富士がよく見えますね、と説明ともつかず、また自分ひとりの詠嘆《えいたん》ともつかぬ言葉を、突然《とつぜん》言い出して、リュックサックしょった若いサラリイマンや、大きい日本髪《にほんがみ》ゆって、口もとを大事にハンケチでおおいかくし、絹物まとった芸者風の女など、からだをねじ曲げ、一せいに車窓から首を出して、いまさらのごとく、その変哲《へんてつ》もない三角の山を眺《なが》めては、やあ、とか、まあ、とか間抜《まぬ》けた嘆声を発して、車内はひとしきり、ざわめいた。けれども、私のとなりの御隠居《ごいんきょ》は、胸に深い憂悶《ゆうもん》でもあるのか、他の遊覧客とちがって、富士には一瞥《いちべつ》も与《あた》えず、かえって富士と反対側の、山路に沿った断崖《だんがい》をじっと見つめて、私にはその様《さま》が、からだがしびれるほど快く感ぜられ、私もまた、富士なんか、あんな俗な山、見度《みた》くもないという、高尚《こうしょう》な虚無《きょむ》の心を、その老婆に見せてやりたく思って、あなたのお苦しみ、わびしさ、みなよくわかる、と頼《たの》まれもせぬのに、共鳴の素振《そぶ》りを見せてあげたく、老婆に甘えかかるように、そっとすり寄って、老婆とおなじ姿勢で、ぼんやり崖《がけ》の方を、眺めてやった。

老婆も何かしら、私に安心していたところがあったのだろう、ぼんやりひとこと、

「おや、月見草。」

そう言って、細い指でもって、路傍《ろぼう》の一箇所《いっかしょ》をゆびさした。さっと、バ

スは過ぎてゆき、私の目には、いま、ちらとひとめ見た黄金色《こがねいろ》の月見草の花ひとつ、花弁もあざやかに消えず残った。

三七七八米《メートル》の富士の山と、立派に相対峙《あいたいじ》し、みじんもゆるがず、なんと言うのか、金剛力草《こんごうりき》とでも言いたいくらい、けなげにすっくと立っていたあの月見草は、よかった。富士には、月見草がよく似合う。

十月のなかば過ぎても、私の仕事は遅々《ちち》として進まぬ。人が恋《こい》しい。夕焼け赤き雁《がん》の腹雲《はらぐも》、二階の廊下で、ひとり煙草《たばこ》を吸いながら、わざと富士には目もくれず、それこそ血の滴《したた》るような真赤な山の紅葉を、凝視《ぎょうし》していた。茶店のまえの落葉を掃《は》きあつめている茶店のおかみさんに、声をかけた。

「おばさん！　あしたは、天気がいいね。」

自分でも、びっくりするほど、うわずって、歓声《かんせい》にも似た声であった。おばさんは箒《ほうき》の手をやすめ、顔をあげて、不審《ふしん》げに眉《まゆ》をひそめ、

「あした、何かおありなさるの？」

そう聞かれて、私は窮《きゅう》した。

「なにもない。」

おかみさんは笑い出した。

「おさびしいのでしょう。山へでもおのぼりになったら？」

「山は、のぼっても、すぐまた降《お》りなければいけないのだから、つまらない。どの山へのぼっても、おなじ富士山が見えるだけで、それを思うと、気が重くなります。」

私の言葉が変《へん》だったのだろう。おばさんはただ曖昧《あいまい》にうなずいただけで、また枯葉《かれは》を掃いた。

ねるまえに、部屋のカーテンをそっとあけて硝子《ガラス》窓越《ご》しに富士を見る。月の在る夜は富士が青白く、水の精みたいな姿で立っている。私は溜息《ためいき》をつく。ああ、富士が見える。星が大きい。あしたは、お天気だな、とそれだけが、幽《かす》かに生きている喜びで、そうしてまた、そっとカーテンをしめて、そのまま寝るのであるが、あした、天気だからとて、別段この身には、なんということもないのに、と思えば、おかしく、ひとりで蒲団《ふとん》の中で苦《く》笑《しょう》するのだ。くるしいのである。仕事が、――純粋《じゅんすい》に運筆することの、その苦しさよりも、いや、運筆はかえって私の楽しみでさえあるのだが、そのことではなく、私の世界観、芸術というもの、あすの文学というもの、謂わば、新しさというもの、私はそれらに就《つ》いて、未《ま》だ愚図愚図《ぐずぐず》、思い悩《なや》み、誇張《こちょう》ではなしに、身悶《みもだ》えしていた。

素朴《そぼく》な、自然のもの、従って簡潔な鮮明《せんめい》なもの、そいつをさっと一挙動で摑《つか》えて、そのままに紙にうつしとること、それより他《ほか》には無いと思い、そう思うときには、眼前の富士の姿も、別な意味をもって目にうつる。この姿は、この表現は、結局、私の考えている「単一表現」の美しさなのかも知れない、と少し富士に妥協《だきょう》しかけて、けれどもやはりどこかこの富士の、あまりにも棒状の素朴には閉口して居るところもあり、これがいいなら、ほていさまの置物《おきもの》だっていい筈《はず》だ、ほていさまの置物は、どうにも我《が》慢《まん》できない、あんなもの、とても、いい表現とは思えない、この富士の姿も、やはりどこか間違《まちが》っている、これは違う、と再び思いまどうのである。

朝に、夕に、富士を見ながら、陰鬱《いんうつ》な日を送っていた。十月の末に、麓の吉田のまちの、遊女の一団体が、御坂峠へ、おそらくは年に一度くらいの開放の日なのであろう、自動車五台に分乗してやって来た。私は二階から、その様を見ていた。自動車からおろされて、色さまざまの遊女たちは、バスケットからぶちまけられた一群の伝書鳩《でんしょばと》のように、はじめは歩く方向を知らず、ただかたまってうろうろして、沈黙《ちんもく》のまま押し合い、へし合いしていたが、やがてそろそろ、その異様の緊張《きんちょう》がほどけて、てんでにぶらぶら歩きはじめた。茶店の店頭に並べられて在る絵葉書を、おとなしく選んでいるもの、佇《たたず》んで富士を眺めているもの、暗く、わびしく、見ちゃ居《お》れない風景であった。二階のひとりの男の、いのち惜《お》しまぬ共感も、これら遊女の幸福に関しては、なんの加えるところがない。私は、ただ、見ていなければならぬのだ。苦しむものは苦しめ。落ちるものは落ちよ。私に関係したことではない。それが世の中だ。そう無理につめたく装《よそお》い、かれらを見下ろしているのだが、私は、かなり苦しかった。

富士にたのもう。突然それを思いついた。おい、こいつらを、よろしく頼むぜ、そんな気持で振り仰《あお》げば、寒空のなか、のっそり突《つ》っ立っている富士山、そのときの富士はまるで、どてら姿に、ふところ手して傲然《ごうぜん》とかまえている大親分のようにさえ見えたのであるが、私は、そう富士に頼んで、大いに安心し、気軽くなって茶店の六歳の男の子と、ハチというむく犬を連れ、その遊女の一団を見捨てて、峠のちかくのトンネルの方へ遊びに出掛《でか》けた。トンネルの入口のところで、三十歳くらいの痩《や》せた遊女が、ひとり、何かしらつまらぬ草花を、だまって摘《つ》み集めていた。私たちが傍《そば》を通っても、ふりむきもせず熱心に草花をつんでいる。この女のひとのことも、ついでに頼みます、とまた振り仰いで富士にお願いして置いて、私は子供の手をひき、とっとと、トンネルの中にはいって行った。トンネルの冷い地下水を、頰《ほお》に、首筋に、滴滴と受けながら、おれの知ったことじゃない、とわざと大股《おおまた》に歩いてみた。

そのころ、私の結婚《けっこん》の話も、一頓挫《いちとんざ》のかたちであった。私のふるさとからは、全然、助力が来ないということが、はっきり判《わか》ってきたので、私は困って了《しま》った。せめて百円くらいは、助力してもらえるだろうと、虫のいい、ひとりぎめをして、それでもって、ささやかでも、厳粛《げんしゅく》な結婚式を挙げ、あとの、世帯を持つに当っての費用は、私の仕事でかせいで、しようと思っていた。けれども、二、三の手紙の往復に依《よ》り、うちから助力は、全く無いということが明らかになって、私は、途方《とほう》にくれていたのである。このうえは、縁談《えんだん》ことわられても仕方が無い、と覚悟《かくご》をきめ、とにかく先方へ、事の次第《しだい》を洗いざらい言って見よう、と私は単身、峠を下り、甲府の娘《むすめ》さんのお家《うち》へお伺《うかが》いした。さいわい娘さんも、家にいた。私は客間に通され、娘さんと母堂と二人を前にして、悉皆《しっかい》の事情を告白した。ときどき演説口調になって、閉口した。けれども、割に素直《すなお》に語りつくしたように思われた。娘さんは、落ちついて、

「それで、おうちでは、反対なのでございましょうか。」と、首をかしげ

て私にたずねた。

「いいえ、反対というのではなく、」私は右の手のひらを、そっと卓《たく》の上に押し当て、「おまえひとりで、やれ、という工合《ぐあ》いらしく思われます。」

「結構でございます。」母堂は、品よく笑いながら、「私たちも、ごらんのとおりお金持ではございませぬし、ことごとしい式などは、かえって当惑《とうわく》するようなもので、ただ、あなたおひとり、愛情と、職業に対する熱意さえ、お持ちならば、それで私たち、結構でございます。」

私は、お辞儀《じぎ》するのも忘れて、しばらく呆然《ぼうぜん》と庭を眺《なが》めていた。眼《め》の熱いのを意識した。この母に、孝行しようと思った。

かえりに、娘さんは、バスの発着所まで送って来て呉《く》れた。歩きながら、

「どうです。もう少し交際してみますか？」

きざなことを言ったものである。

「いいえ。もう、たくさん。」娘さんは、笑っていた。

「なにか、質問ありませんか？」いよいよ、ばかである。

「ございます。」

私は何を聞かれても、ありのまま答えようと思っていた。

「富士山には、もう雪が降《ふ》ったでしょうか。」

私は、その質問には拍子抜《ひょうしぬ》けがした。

「降《ふ》りました。いただきのほうに、──」と言いかけて、ふと前方を見ると、富士が見える。へんな気がした。

「なあんだ。甲府からでも、富士が見えるじゃないか。ばかにしていやがる。」やくざな口調になってしまって、「いまのは、愚問《ぐもん》です。ばかにしていやがる。」

娘さんは、うつむいて、くすくす笑って、

「だって、御坂峠にいらっしゃるのですし、富士のことでもお聞きしなければ、わるいと思って。」

おかしな娘さんだと思った。

甲府から帰って来ると、やはり、呼吸ができないくらいにひどく肩《かた》が凝《こ》っているのを覚えた。

「いいねえ、おばさん。やっぱし御坂は、いいよ。自分のうちに帰って来たような気さえするのだ。」

夕食後、おかみさんと、娘さんと、交《かわ》る交る、私の肩をたたいてくれる。おかみさんの拳《こぶし》は固く、鋭《するど》い。娘さんのこぶしは柔《やわらか》く、あまり効《き》きめがない。もっと強く、もっと強くと私に言われて、娘さんは薪《まき》を持ち出し、それでもって私の肩をとんとん叩《たた》いた。それ程《ほど》にしてもらわなければ、肩の凝《こり》がとれないほど、私は甲府で緊張《きんちょう》し、一心に努めたのである。

甲府へ行って来て、二、三日、流石《さすが》に私はぼんやりして、仕事する気も起らず、机のまえに坐《すわ》って、とりとめのない楽書《らくがき》をしながら、バットを七箱も八箱も吸い、また寝ころんで、金剛石《こんごうせき》も磨《みが》かずば、という唱歌を、繰《く》り返し繰り返し歌ってみたりしているばかりで、小説は、一枚も書きすめることができなかった。

「お客さん。甲府へ行ったら、わるくなったわね。」

　朝、私が机に頬杖《ほおづえ》つき、目をつぶって、さまざまのこと考えていたら、私の背後で、床《とこ》の間《ま》ふきながら、十五の娘さんは、しんからいまいましそうに、多少、とげとげしい口調で、そう言った。私は、振りむきもせず、

「そうかね。わるくなったかね。」

　娘さんは、拭《ふ》き掃除《そうじ》の手を休めず、

「ああ、わるくなった。この二、三日、ちっとも勉強すすまないじゃないの。あたしは毎朝、お客さんの書き散らした原稿《げんこう》用紙、番号順にそろえるのが、とっても、たのしい。たくさんお書きになって居れば、うれしい。ゆうべもあたし、二階へそっと様子を見に来たの、知ってる？　お客さん、ふとん頭からかぶって、寝《ね》てたじゃないか。」

　私は、ありがたい事だと思った。大袈裟《おおげさ》な言いかたをすれば、これは人間の生き抜《ぬ》く努力に対しての、純粋《じゅんすい》な声援《せいえん》である。なんの報酬《ほうしゅう》も考えていない。私は、娘さんを、美しいと思った。

　十月末になると、山の紅葉も黒ずんで、汚《きたな》くなり、とたんに一夜あらし

があって、みるみる山は、真黒い冬木立《ふゆこだち》に化してしまった。遊覧の客も、いまはほとんど、数えるほどしかない。茶店もさびれて、ときたま、おかみさんが、六つになる男の子を連れて、峠のふもとの船津《ふなつ》、吉田に買物をしに出かけて行って、あとには娘さんひとり、遊覧の客もなし、一日中、私と娘さんと、ふたり切り、峠の上で、ひっそり暮すことがある。私が二階で退屈《たいくつ》して、外をぶらぶら歩きまわり、茶店の脊戸《せど》で、お洗濯《せんたく》している娘さんの傍《そば》へ近寄り、

「退屈だね。」

と大声で言って、ふと笑いかけたら、娘さんはうつむき、私がその顔を覗《のぞ》いてみて、はっと思った。泣きべそかいているのだ。あきらかに恐怖《きょうふ》の情である。そうか、と苦《に》が苦《に》がしく私は、くるりと廻《まわ》れ右して、落葉しきつめた細い山路を、まったくいやな気持で、どんどん荒《あら》く歩きまわった。それからは、気をつけた。娘さんひとりきりのときには、なるべく二階の室から出ないようにつとめた。茶店にお客でも来たときには、私がその

娘さんを守る意味もあり、のしのし二階から降りていって、茶店の一隅《いちぐう》に腰《こし》をおろしゆっくりお茶を飲むのである。いつか花嫁《はなよめ》姿のお客が、紋附《もんつき》を着た爺《じい》さんふたりに附添《つきそ》われて、自動車に乗ってやって来て、この峠の茶屋でひと休みしたことがある。そのときも、娘さんひとりしか茶店にいなかった。私は、やはり二階から降りていって、隅《すみ》の椅子《いす》に腰をおろし、煙草《たばこ》をふかした。花嫁は裾模様《すそもよう》の長い着物を着て、金襴《きんらん》の帯を背負い、角《つの》隠《かく》しつけて、堂々正式の礼装であった。全く異様のお客様だったので、娘さんもどうあしらいしていいのかわからず、花嫁さんと、二人の老人にお茶をついでやっただけで、私の背後にひっそり隠れるように立ったまま、だまって花嫁のさまを見ていた。一生にいちどの晴の日に、——峠の向う側から、反対側の船津か、吉田のまちへ嫁入りするのであろうが、その途中、この峠の頂上で一休みして、富士を眺めるということは、はたで見ていても、くすぐったい程、ロマンチックで、そのうちに花嫁は、そっと茶店から出て、茶店のまえの崖《がけ》のふちに立ち、ゆっくり富士を眺めた。脚《あし》を

X形に組んで立っていて、大胆《だいたん》なポオズであった。余裕《よゆう》のあるひとだな、となおも花嫁を、富士と花嫁を、私は観賞していたのであるが、間もなく花嫁は、富士に向って、大きな欠伸《あくび》をした。

「あら！」

　と背後で、小さい叫《さけ》びを挙げた。娘さんも、素早《すばや》くその欠伸を見つけたらしいのである。やがて花嫁の一行は、待たせて置いた自動車に乗り、峠を降りていったが、あとで花嫁さんは、さんざんだった。

「馴《な》れていやがる。あいつは、きっと二度目、いや、三度目くらいだよ。おむこさんが、峠の下で待っているだろうに、自動車から降りて、富士を眺めるなんて、はじめてのお嫁だったら、そんな太いこと、できるわけがない。」

「欠伸したのよ。」娘さんも、力こめて賛意を表した。「あんな大きい口あけて欠伸して、図々《ずうずう》しいのね。お客さん、あんなお嫁さんもらっちゃ、いけない。」

私は年甲斐《としがい》もなく、顔を赤くした。私の結婚《けっこん》の話も、だんだん好転していって、或《あ》る先輩《せんぱい》に、すべてお世話になってしまった。結婚式も、ほんの身内の二、三のひとにだけ立ち合ってもらって、まずしくとも厳粛《げんしゅく》に、その先輩のお宅で、していただけるようになって、私は人の情に、少年の如《ごと》く感奮していた。

十一月にはいると、もはや御坂の寒気、堪《た》えがたくなった。茶店では、ストオヴを備えた。

「お客さん、二階はお寒いでしょう。お仕事のときは、ストオヴの傍でなさったら。」と、おかみさんは言うのであるが、私は、人の見ているまえでは、仕事のできないたちなので、それは断った。おかみさんは心配して、峠の麓《ふもと》の吉田へ行き、炬燵《こたつ》をひとつ買って来た。私は二階の部屋でそれにもぐって、この茶店の人たちの親切には、しんからお礼を言いたく思って、けれども、もはやその全容の三分の二ほど、雪をかぶった富士の姿を眺め、また近くの山々の、蕭条《しょうじょう》たる冬木立に接しては、これ以上、この峠で、皮《ひ》膚《ふ》を刺《さ》す寒気に辛抱《しんぼう》していることも無意味に思われ、山を下ることに決意した。山を下る、その前日、私は、どてらを二枚かさねて着て、茶店の椅子に腰かけて、熱い番茶を啜《すす》っていたら、冬の外套《がいとう》着た、タイピストでもあろうか、若い智的《ちてき》の娘《むすめ》さんがふたり、トンネルの方から、何かきゃっきゃっ笑いながら歩いて来て、ふと眼前に真白い富士を見つけ、打たれたように立ち止り、それから、ひそひそ相談の様子で、そのうちのひとり、眼鏡《めがね》かけた、色の白い子が、にこにこ笑いながら、私のほうへやって来た。

「相すみません。シャッタア切って下さいな。」

私は、へどもどした。私は機械のことには、あまり明るくないのだし、写真の趣味《しゅみ》は皆無《かいむ》であり、しかも、どてらを二枚もかさねて着ていて、茶店の人たちさえ、山賊《さんぞく》みたいだ、といって笑っているような、そんなむさくるしい姿でもあり、多分は東京の、そんな華《はな》やかな娘さんから、はいからの用事を頼《たの》まれて、内心ひどく狼狽《ろうばい》したのである。けれども、また思い直し、こんな姿はしていても、やはり、見る人が見れば、どこかしら、きやしゃな俤《おもかげ》もあり、写真のシャッタアくらい器用に手さばき出来るほどの男に見えるのかも知れない、などと少し浮《う》き浮きした気持も手伝い、私は平静を装《よそお》い、娘さんの差し出すカメラを受け取り、何気なさそうな口調で、シャッタアの切りかたを鳥渡《ちょっと》たずねてみてから、わななきわななき、レンズをのぞいた。まんなかに大きい富士、その下に小さい、罌粟《けし》の花ふたつ。ふたり揃《そろ》いの赤い外套を着ているのである。ふたりはひしと抱《だ》き合うように寄り添《そ》い、屹《き》っとまじめな顔になった。私は、おかしくてならない。カメラ持つ手がふるえて、どうにもならぬ。笑いをこらえて、レンズをのぞけば、罌粟の花、いよいよ澄《す》まして、固くなっている。どうにも狙《ねら》いがつけにくく、私は、ふたりの姿をレンズから追放して、ただ富士山だけを、レンズ一ぱいにキャッチして、富士山、さようなら、お世話になりました。

パチリ。

「はい、うつりました。」

「ありがとう。」

ふたり声をそろえてお礼を言う。うちへ帰って現像してみた時には驚《おどろ》くだろう。富士山だけが大きく大きく写っていて、ふたりの姿はどこにも見えない。

その翌《あく》る日に、山を下りた。まず、甲府の安宿に一泊《ぱく》して、そのあくる朝、安宿の廊下《ろうか》の汚《きたな》い欄干《らんかん》によりかかり、富士を見ると、甲府の富士は、山々のうしろから、三分の一ほど顔を出している。酸漿《ほおずき》に似ていた。

東京八景

（苦難の或人《あるひと》に贈《おく》る）

伊豆《いず》の南、温泉が湧《わ》き出ているというだけで、他には何一つとるところの無い、つまらぬ山村である。戸数三十という感じである。こんなところは、宿泊料《しゅくはく》も安いであろうという、理由だけで、私はその索寞《さくばく》たる山村を選んだ。昭和十五年、七月三日の事である。その頃《ころ》は、私にも、少しお金の余裕《よゆう》があったのである。けれども、それから先の事は、やはり真暗であった。小説が少しも書けなくなる事だってあるかも知れない。二箇月《かげつ》間、小説が全く書けなかったら、私は、もとの無一文になる筈《はず》である。思えば、心細い余裕であったが、私にとっては、それだけの余裕でも、この十年間、はじめての事であったのである。私が東京で生活をはじめたのは、昭和五年の春である。このころ既《すで》に私は、Hという女と共同の家を持っていた。田舎《いなか》の長兄《ちょうけい》から、月々充分《じゅうぶん》の金を送ってもらっていたのだが、ばかな二人は、贅沢《ぜいたく》を戒《いまし》め合っていながらも、月末には必ず質屋へ一品二品を持運んで行かなければならなかった。とうとう六年目に、Hとわかれた。私には、蒲団《ふとん》と、机と、電気スタンドと、行李《こうり》一つだけが残った。多額の負債《ふさい》も不気味に残った。それから二年経《た》って、私は或《あ》る先輩《せんぱい》のお世話で、平凡《へいぼん》な見合い結婚《けっこん》をした。さらに二年を経て、はじめて私は、一息ついた。貧しい創作集も既に十冊近く出版せられている。むこうから注文が来なくても、こちらで懸命《けんめい》に書いて持って行けば、三つに二つは買ってもらえるような気がして来た。これからが、愛嬌《あいきょう》も何も無い大人の仕事である。書きたいものだけを、書いて行きたい。

甚《はなは》だ心細い、不安な余裕ではあったが、私は真底から嬉《うれ》しく思った。少くとも、もう一箇月間は、お金の心配をせずに好きなものを書いて行ける。

私は自分の、その時の身の上を、嘘《うそ》みたいな気がした。恍惚《こうこつ》と不安の交錯《こうさく》した異様な胸騒《むなさわ》ぎで、かえって仕事に手が附《つ》かず、いたたまらなくなった。東京八景。私は、その短篇《たんぺん》を、いつかゆっくり、骨折って書いてみたいと思っていた。十年間の私の東京生活を、その時々の風景に託《たく》して書いてみたいと思っていた。私は、ことし三十二歳である。日本の倫理《りんり》に於《おい》ても、この年齢《ねんれい》は、既に中年の域にはいりかけたことを意味している。また私が、自分の肉体、情熱に尋《たず》ねてみても、悲しい哉《かな》それを否定できない。覚えて置くがよい。おまえは、もう青春を失ったのだ。もっともらしい顔の三十男である。東京八景。私はそれを、青春への訣別《けつべつ》の辞として、誰にも媚《こ》びずに書きたかった。

あいつも、だんだん俗物《ぞくぶつ》になって来たね。そのような無智《むち》な陰口《かげぐち》が、微《び》風《ふう》と共に、ひそひそ私の耳にはいって来る。私は、その度毎《たびごと》に心の中で、強く答える。僕は、はじめから俗物だった。君には、気がつかなかったのかね。逆なのである。文学を一生の業として気構えた時、愚人《ぐじん》は、かえって私を組し易《やす》しと見てとった。私は、幽《かす》かに笑うばかりだ。万年若衆《わかしゅ》は、役者の世界である。文学には無い。

東京八景。私は、いまの此《こ》の期間にこそ、それを書くべきであると思った。いまは、差し迫《せま》った約束の仕事も無い。百円以上の余裕もある。いたずらに恍惚《こうこつ》と不安の複雑な溜息《ためいき》をもらして狭《せま》い部屋の中を、うろうろ歩き廻《まわ》っている場合では無い。私は絶えず、昇《のぼ》らなければならぬ。

東京市の大地図を一枚買って、東京駅から、米原《まいばら》行の汽車に乗った。遊びに行くのでは、ないんだぞ。一生涯《しょうがい》の、重大な記念碑《ひ》を、骨折って造りに行くのだぞ、と繰返《くりかえ》し繰返し、自分に教えた。熱海《あたみ》で、伊東《いとう》行の汽車に乗りかえ、伊東から下田《しもだ》行のバスに乗り、伊豆半島の東海岸に沿うて三時間、バスにゆられて南下し、その戸数三十の見る影《かげ》も無い山村に降り立った。ここなら、一泊三円を越《こ》えることは無かろうと思った。憂鬱《ゆううつ》堪えがたいばかりの粗末《そまつ》な、小さい宿屋が四軒《けん》だけ並んでいる。私は、Fという宿屋を選んだ。四軒の中では、まだしも、少しましなところが、あるように思われたからである。意地の悪そうな、下品な女中に案内されて二階に上り、部屋に通されて見ると、私は、いい年をして、泣きそうな気がした。三年まえに、私が借りていた荻窪《おぎくぼ》の下宿屋の一室を思い出した。その下宿屋は、荻窪でも、最下等の代物《しろもの》であったのである。けれども、この蒲団部屋の隣《とな》りの六畳間《じょうま》は、その下宿の部屋よりも、もっと安っぽく、侘《わび》しいのである。

「他《ほか》に部屋が無いのですか。」

「ええ。みんな、ふさがって居《お》ります。ここは涼《すず》しいですよ。」

「そうですか。」

私は、馬鹿《ばか》にされていたようである。服装が悪かったせいかも知れない。

「お泊《とま》りは、三円五十銭と四円です。御中食《ごちゆうじき》は、また、別にいただきます。どういたしましょうか。」

「三円五十銭のほうにして下さい。中食は、たべたい時に、そう言います。十日ばかり、ここで勉強したいと思って来たのですが。」

「ちょっと、お待ち下さい。」女中は、階下へ行って、しばらくして、また部屋にやって来て、「あの、永い御滞在《ごたいざい》でしたら、前に、いただいて置く事になって居りますけれど。」

「そうですか。いくら差し上げたら、いいのでしょう。」

「さあ、いくらでも。」と口ごもっている。

「五十円あげましょうか。」

「はあ。」

私は机の上に、紙幣《しへい》を並べた。たまらなくなって来た。

「みんな、あげましょう。九十円あります。煙草銭《たばこせん》だけは、僕は、こちらの財布《さいふ》に残してあります。」なぜ、こんなところに来たのだろうと思った。

「相すみません。おあずかり致《いた》します。」

女中は、去った。怒《おこ》ってはならない。大事な仕事がある。いまの私の身分には、これ位の待遇《たいぐう》が、相応しているのかも知れない、と無理矢理、自分に思い込ませて、トランクの底からペン、インク、原稿《げんこう》用紙などを取り出した。

十年ぶりの余裕は、このような結果であった。けれども、この悲しさも、私の宿命の中に規定されて在ったのだと、もっともらしく自分に言い聞かせ、怺《こら》えてここで仕事をはじめた。

遊びに来たのでは無い。骨折りの仕事をしに来たのだ。私はその夜、暗い電灯《でんとう》の下で、東京市の大地図を机いっぱいに拡《ひろ》げた。

幾年振《いくとしぶ》りで、こんな、東京全図というものを拡げて見る事か。十年以前、はじめて東京に住んだ時には、この地図を買い求める事さえ恥《は》ずかしく、人に、田舎者《いなかもの》と笑われはせぬかと幾度となく躊躇《ちゅうちょ》した後、とうとう一部、うむと決意し、ことさらに乱暴な自嘲《じちょう》の口調で買い求め、それを懐中《かいちゅう》し荒《すさ》んだ歩きかたで下宿へ帰った。夜、部屋を閉め切り、こっそり、その地図を開いた。赤、緑、黄の美しい絵模様。私は、呼吸を止めてそれに見入った。隅田川《すみだがわ》。浅草《あさくさ》。牛込《うしごめ》。赤坂《あかさか》。ああなんでも在る。行こうと思えば、いつでも、すぐに行けるのだ。私は、奇蹟《きせき》を見るような気さえした。

今では、此の蚕《かいこ》に食われた桑《くわ》の葉のような東京市の全形を眺《なが》めても、そこに住む人、各々《おのおの》の生活の姿ばかりが思われる。こんな趣《おもむ》きの無い原っぱに、日本全国から、ぞろぞろ人が押し寄せ、汗《あせ》だくで押し合いへし合い、一寸の土地を争って一喜《いっき》一憂《いちゆう》し、互《たがい》に嫉視《しっし》、反目して、雌《めす》は雄《おす》を呼び、雄は、ただ半狂乱《はんきょうらん》で歩きまわる。頗《すこぶ》る唐突《とうとつ》に、何の前後の関連も無く「埋木《うもれぎ》」という小説の中の哀《かな》しい一行が、胸に浮《う》かんだ。「恋《こい》とは。」「美しき事を夢みて、穢《きたな》き業《わざ》をするものぞ。」東京とは直接に何の縁《えん》も無い言葉である。

戸塚《とつか》。——私は、はじめ、ここにいたのだ。私のすぐ上の兄が、この地に、ひとりで一軒の家を借りて、彫刻《ちょうこく》を勉強していたのである。私は昭和五年に弘前《ひろさき》の高等学校を卒業し、東京帝大《ていだい》の仏蘭西《フランス》文科に入学した。仏蘭西語を一字も解し得なかったけれども、それでも仏蘭西文学の講義を聞きたかった。辰野隆《たつのゆたか》先生を、ぼんやり畏敬《いけい》していた。私は、兄の家から三町ほど離《はな》れた新築の下宿屋の、奥の一室を借りて住んだ。たとい親身の兄弟でも、同じ屋根の下に住んで居れば、気まずい事も起るものだ、と二人とも口に出しては言わないが、そんなお互の遠慮《えんりょ》が無言の裡《うち》に首肯《しゅこう》せられて、私たちは同じ町内ではあったが、三町だけ離れて住む事にしたのである。それから三箇月《かげつ》経《た》って、この兄は病死した。二十七歳であった。兄の死後も、私は、その戸塚の下宿にいた。二学期からは、学校へは、ほとんど出なかった。世人の最も恐怖《きょうふ》していたあの日蔭《ひかげ》の仕事に、平気で手助けしていた。その仕事の一翼《いちよく》と自称する大袈裟《おおげさ》な身振りの文学には、軽蔑《けいべつ》を以《もっ》て接していた。私は、その一期間、純粋《じゅんすい》な政治家であった。そのとしの秋に、女が田舎からやって来た。私が呼んだのである。Hである。Hとは、私が高等学校へはいったとしの初秋に知り合って、それから三年間あそんだ。無心の芸妓《げいぎ》である。私は、この女の為《ため》に、本所区東駒形《ほんじょくひがしこまがた》に一室を借りてやった。大工さんの二階である。肉体的の関係は、そのとき迄《まで》いちども無かった。故郷から、長兄《ちょうけい》がその女の事でやって来た。七年前に父を喪《うしな》った兄弟は、戸塚の下宿の、あの薄暗《うすぐら》い部屋で相会《あいお》うた。兄は、急激に変化している弟の兇悪《きょうあく》な態度に接して、涙《なみだ》を流した。必ず夫婦《ふうふ》にしていただく条件で、私は兄に女を手渡《てわた》す事にした。手渡す驕慢《きょうまん》の弟より、受け取る兄のほうが、数層倍苦しかったに違《ちが》いない。手渡すその前夜、私は、はじめて女を抱《だ》いた。兄は、女を連れて、ひとまず田舎へ帰った。女は、始終ぼんやりしていた。ただいま無事に家に着きました、という事務的な堅《かた》い口調の手紙が一通来たきりで、その後は、女から、何の便りもなかった。女は、ひどく安心してしまっているらしかった。私には、それが不平であった。こちらが、すべての肉親を仰天《ぎょうてん》させ、母には地獄《じごく》の苦しみを嘗《な》めさせて迄、戦っているのに、おまえ一人、無智な自信でぐったりしているのは、みっとも無い事である、と思った。毎日でも私に手紙を寄こすべきである、と思った。私を、もっともっと好いてくれてもいい、と思った。けれども女は、手紙を書きたがらないひとであった。私は、絶望した。朝早くから、夜おそく迄、れいの仕事の手助けに奔走《ほんそう》した。人から頼《たの》まれて、拒否《きょひ》した事は無かった。自分の其《そ》の方面に於《お》ける能力の限度が、少しずつ見えて来た。私は、二重に絶望した。銀座裏のバアの女が、私を好いた。好かれる時期が、誰《だれ》にだって一度ある。不潔な時期だ。私は、この女を誘《さそ》って一緒《いっしょ》に鎌倉《かまくら》の海へはいった。破れた時は、死ぬ時だと思っていたのである。れいの反神的な仕事にも破れかけた。肉体的にさえ、とても不可能なほどの仕事を、私は卑怯《ひきょう》と言われたくないばかりに、引受けてしまっていたのである。Hは、自分ひとりの幸福の事しか考えていない。おまえだけが、女じゃ無いんだ。おまえは、私の苦しみを知ってくれなかったから、こういう報《むく》いを受けるのだ。ざまを見ろ。私には、すべての肉親と離《はな》れてしまった事が一ばん、つらかった。Hとの事で、母にも、兄にも、叔母《おば》にも呆《あき》れられてしまったという自覚が、私の投身の最も直接な一因であった。女は死んで、私は生きた。死んだひとの事に就《つ》いては、以前に何度も書いた。私の生涯《しょうがい》の、黒点である。私は、留置場に入れられた。取調べの末、起訴《きそ》猶予《ゆうよ》になった。昭和五年の歳末《さいまつ》の事である。兄たちは、死にぞこないの弟に優《やさ》しくしてくれた。

長兄はHを、芸妓《げいぎ》の職から解放し、その翌《あく》るとしの二月に、私の手許《てもと》に送って寄こした。言約を潔癖《けっぺき》に守る兄である。Hはのんきな顔をしてやって来た。五反田《ごたんだ》の、島津《しまづ》公分譲地の傍《そば》に三十円の家を借りて住んだ。Hは甲斐甲斐《かいがい》しく立ち働いた。私は、二十三歳、Hは、二十歳である。

五反田は、阿呆《あほう》の時代である。私は完全に、無意志であった。再出発の希望は、みじんも無かった。たまに訪ねて来る友人達の、御機嫌《ごきげん》ばかりをとって暮していた。自分の醜態《しゅうたい》の前科を、恥《は》じるどころか、幽《かす》かに誇《ほこ》ってさえいた。実に、破廉恥《はれんち》な、低能の時期であった。学校へもやはり、ほとんど出なかった。すべての努力を嫌《きら》い、のほほん顔でHを眺《なが》めて暮していた。馬鹿《ばか》である。何も、しなかった。ずるずるまた、れいの仕事の手伝いなどを、はじめていた。けれども、こんどは、なんの情熱も無かった。遊民の虚無《ニヒル》。それが、東京の一隅《いちぐう》にはじめて家を持った時の、私の姿だ。

そのとしの夏に移転した。神田《かんだ》・同朋町《どうぼうちょう》。さらに晩秋には、神田・和泉《いずみ》町。その翌年《よくとし》の早春に、淀橋《よどばし》・柏木《かしわぎ》。なんの語るべき事も無い。朱麟堂《しゅりんどう》と号して俳句に凝《こ》ったりしていた。老人である。例の仕事の手助けの為に、二度も留置場に入れられた。留置場から出る度《たび》に私は友人達の言いつけに従って、別な土地に移転するのである。何の感激も、また何の嫌悪《けんお》も無かった。それが皆《みな》の為に善《よ》いならば、そうしましょう、という無気力きわまる態度であった。ぼんやり、Hと二人で、雌雄《しゆう》の穴居《けっきょ》の一日一日を迎《むか》え送っているのである。Hは快活であった。一日に二、三度は私を口汚《くちぎたな》く呶鳴《どな》るのだが、あとはけろりとして英語の勉強をはじめるのである。私が時間割を作ってやって勉強させていたのである。あまり覚えなかったようである。英語はロオマ字をやっと読めるくらいになって、いつのまにか、止《や》めてしまった。手紙は、やはり下手であった。書きたがらなかった。私が下書を作ってやった。あねご気取りが好きなようであった。私が警察に連れて行かれても、そんなに取乱すような事は無かった。れいの思想を、任俠《にんきょう》的なものと解して愉快《ゆかい》がっていた日さえあった。同朋町、和泉町、柏木、私は二十四歳になっていた。

そのとしの晩春に、私は、またまた移転しなければならなくなった。またもや警察に呼ばれそうになって、私は、逃《に》げたのである。こんどのは、少し複雑な問題であった。田舎の長兄に、出鱈目《でたらめ》な事を言ってやって、二箇月《かげつ》分の生活費を一度に送ってもらい、それを持って柏木を引揚げた。家財道具を、あちこちの友人に少しずつ分けて預かってもらい、身のまわりの物だけを持って、日本橋《にほんばし》・八丁堀《はっちょうぼり》の材木屋の二階、八畳間《じょうま》に移った。私は北海道生まれ、落合一雄という男になった。流石《さすが》に心細かった。所持のお金を大事にした。どうにかなろうという無能な思念で、自分の不安を誤《ご》魔化《まか》していた。明日に就いての心構えは何も無かった。何も出来なかった。時たま、学校へ出て、講堂の前の芝生《しばふ》に、何時間でも黙《だま》って寝《ね》ころんでいた。或《あ》る日の事、同じ高等学校を出た経済学部の一学生から、いやな話を聞かされた。煮《に》え湯を飲むような気がした。まさか、と思った。知らせてくれた学生を、かえって憎《にく》んだ。Hに聞いてみたら、わかる事だと思った。いそいで八丁堀、材木屋の二階に帰って来たのだが、なかなか言い出しにくかった。初夏の午後である。西日が部屋にはいって、暑かった。私は、オラガビイルを一本、Hに買わせた。当時、オラガビイルは、二十五銭であった。その一本を飲んで、もう一本、と言ったら、Hに呶鳴られた。呶鳴られて私も、気持に張りが出て来て、きょう学生から聞いて来た事を、努めてさりげない口調で、Hに告げることが出来た。Hは半可臭《はんかくさ》い、と田舎《いなか》の言葉で言って、怒《おこ》ったように、ちらと眉《まゆ》をひそめた。それだけで、静かに縫《ぬ》い物をつづけていた。濁《にご》った気配は、どこにも無かった。私は、Hを信じた。

その夜私は悪いものを読んだ。ルソオの懺悔録《ざんげろく》であった。ルソオが、やはり細君の以前の事で、苦汁《くじゅう》を嘗めた箇所に突《つ》き当り、たまらなくなって来た。私は、Hを信じられなくなったのである。その夜、とうとう吐《は》き出させた。学生から聞かされた事は、すべて本当であった。もっと、ひどかった。掘《ほ》り下げて行くと、際限が無いような気配さえ感ぜられた。私は中途《ちゅうと》で止めてしまった。

私だとて、その方面では、人を責める資格が無い。鎌倉の事件は、どうしたことだ。けれども私は、その夜は煮えくりかえった。私はその日までHを、謂《い》わば掌中《しょうちゅう》の玉のように大事にして、誇っていたのだということに気附《きづ》いた。こいつの為に生きていたのだ。私は女を、無垢《むく》のままで救ったとばかり思っていたのである。Hの言うままを、勇者の如《ごと》く単純に合点《がてん》していたのである。友人達にも、私は、それを誇って語っていた。Hは、このように気象が強いから、僕の所へ来る迄は、守りとおす事が出来たのだと。目出度《めでた》いとも、何とも、形容の言葉が無かった。馬鹿息子《むすこ》である。女とは、どんなものだか知らなかった。私はHの欺瞞《ぎまん》を憎《にく》む気は、少しも起らなかった。告白するHを可愛《かわい》いとさえ思った。背中を、さすってやりたく思った。私は、ただ、残念であったのである。私は、いやになった。自分の生活の姿を、棍棒《こんぼう》で粉砕《ふんさい》したく思った。要するに、やり切れなくなってしまったのである。私は、自首して出た。

検事の取調べが一段落して、死にもせず私は再び東京の街を歩いていた。

帰るところは、Hの部屋より他《ほか》に無い。私はHのところへ、急いで行った。侘《わ》びしい再会である。共に卑屈《ひくつ》に笑いながら、私たちは力弱く握手《あくしゅ》した。八丁堀を引き上げて、芝区《しば》・白金三光町《しろかねさんこうちょう》。大きい空家の、離《はな》れの一室を借りて住んだ。故郷の兄たちは、呆《あき》れ果てながらも、そっとお金を送ってよこすのである。Hは、何事も無かったように元気になっていた。けれども私は、少しずつ、どうやら阿呆《あほう》から眼《め》ざめていた。遺書を綴《つづ》った。「思い出」百枚である。今では、この「思い出」が私の処女作という事になっている。自分の幼時からの悪を、飾《かざ》らずに書いて置きたいと思ったのである。二十四歳の秋の事である。草蓬々《ぼうぼう》の広い廃園《はいえん》を眺《なが》めながら、私は離れの一室に坐《すわ》って、めっきり笑《えみ》を失っていた。私は、再び死ぬつもりでいた。きざと言えば、きざである。いい気なものであった。私は、やはり、人生をドラマと見做《みな》していた。いや、ドラマを人生と見做していた。もう今は、誰の役にも立たぬ。唯一《ゆいいつ》のHにも、他人の手垢《てあか》が附いていた。生きて行く張合いが全然、一つも無かった。ばかな、滅亡《めつぼう》の民《たみ》の一人として、死んで行こうと、覚悟《かくご》をきめていた。時潮が私に振《ふ》り当てた役割を、忠実に演じてやろうと思った。必ず人に負けてやる、という悲しい卑屈《ひくつ》な役割を。けれども人生は、ドラマでなかった。二幕目は誰も知らない。「滅《ほろ》び」の役割を以《もっ》て登場しながら、最後まで退場しない男もいる。小さい遺書のつもりで、こんな穢《きたな》い子供もいましたという幼年及《およ》び少年時代の私の告白を、書き綴ったのであるが、その遺書が、逆に猛烈《もうれつ》に気がかりになって、私の虚無《きょむ》に幽《かす》かな燭灯《ともし》がともった。死に切れなかった。その「思い出」一《いっ》篇《ぺん》だけでは、なんとしても、不満になって来たのである。どうせ、ここまで書いたのだ。全部を、書いて置きたい。きょう迄《まで》の生活の全部を、ぶちまけてみたい。あれも、これも。書いて置きたい事が一ぱい出て来た。まず、鎌倉の事件を書いて、駄目《だめ》。どこかに手落が在る。さらに又《また》、一作書いて、やはり不満である。溜息《ためいき》ついて、また次の一作にとりかかる。ピリオドを打ち得ず、小さいコンマの連続だけである。永遠においでおいでの、あの悪魔《デモン》に、私はそろそろ食われかけていた。蟷螂《とうろう》の斧《おの》である。

私は二十五歳になっていた。昭和八年である。私は、このとしの三月に大学を卒業しなければならなかった。けれども私は、卒業どころか、てんで試験にさえ出ていない。故郷の兄たちは、それを知らない。ばかな事ばかり、やらかしたがそのお詫《わ》びに、学校だけは卒業して見せてくれるだろう。それくらいの誠実は持っている奴《やつ》だと、ひそかに期待していた様子であった。私は見事に裏切った。卒業する気は無いのである。信頼《しんらい》している者を欺《あざむ》くことは、狂《きょう》せんばかりの地獄《じごく》である。それからの二年間、私は、その地獄の中に住んでいた。来年は、必ず卒業します。どうか、もう一年、おゆるし下さい、と長兄《ちょうけい》に泣訴《きゅうそ》しては裏切る。そのとしも、そうであった。その翌《あく》るとしも、そうであった。死ぬるばかりの猛省《もうせい》と自嘲《じちょう》と恐怖《きょうふ》の中で、死にもせず私は、身勝手な、遺書と称する一連の作品に凝っていた。これが出来たならば。そいつは所詮《しょせん》、青くさい気取った感傷に過ぎなかったのかも知れない。けれども私は、その感傷に、命を懸《か》けていた。私は書き上げた作品を、大きい紙袋《かみぶくろ》に、三つ四つと貯蔵した。次第《しだい》に作品の数も殖《ふ》えて来た。私は、その紙袋に毛筆で、「晩年」と書いた。その一連の遺書の、銘題《めいだい》のつもりであった。もう、これで、おしまいだという意味なのである。芝の空家《あきや》に買手が附いたとやらで、私たちは、そのとしの早春に、そこを引き上げなければならなかった。学校を卒業できなかったので、故郷からの仕送りも、相当減額されていた。一層倹約《けんやく》をしなければならぬ。杉並《すぎなみ》区・天沼《あまぬま》三丁目。知人の家の一部屋を借りて住んだ。その人は、新聞社に勤めて居《お》られて、立派な市民であった。それから二年間、共に住み、実に心配をおかけした。私には、学校を卒業する気は、さらに無かった。馬鹿のように、ただ、あの著作集の完成にのみ、気を奪《うば》われていた。何か言われるのが恐《おそ》ろしくて、私は、その知人にも、またHにさえ、来年は卒業出来るという、一時のがれの嘘《うそ》をついていた。一週間に一度くらいは、ちゃんと制服を着て家を出た。学校の図書館で、いい加減にあれこれ本を借り出して読み散らし、やがて居眠《いねむ》りしたり、また作品の下書をつくったりして、夕方には図書館を出て、天沼へ帰った。Hも、またその知人も、私を少しも疑わなかった。表面は、全く無事であったが、私は、ひそかに、あせっていた。刻一刻、気がせいた。故郷からの仕送りが、切れないうちに書き終えたかった。けれども、なかなか骨が折れた。書いては破った。私は、ぶざまにも、あの悪魔《デモン》に、骨の髄《ずい》まで食い尽《つく》されていた。

一年経《た》った。私は卒業しなかった。兄たちは激怒《げきど》したが、私はれいの泣訴をした。来年は必ず卒業しますと、はっきり嘘を言った。それ以外に、送金を願う口実は無かった。実情はとても誰《だれ》にも、言えたものではなかった。私は共犯者を作りたくなかったのである。私ひとりを、完全に野良息子《のらむすこ》にして置きたかった。すると、周囲の人の立場も、はっきりしていて、いささかも私に巻添《まきぞ》え食うような事が無いだろうと信じた。遺書を作るために、もう一年などと、そんな突飛《とっぴ》な事は言い出せるものでない。私は、ひとりよがりの謂わば詩的な夢想家と思われるのが、何よりいやだった。兄たちだって、私がそんな非現実的な事を言い出したら、送金したくても、送金を中止するより他は無かったろう。実情を知りながら送金したとなれば、兄たちは、後々世間の人から、私の共犯者のように思われるだろう。それは、いやだ。私はあくまで狡智《こうち》佞弁《ねいべん》の弟になって兄たちを欺《あざむ》いていなければならぬ、と盗賊《とうぞく》の三分の理窟《りくつ》に似ていたが、そんなふうに大真面目《まじめ》に考えていた。私は、やはり一週間にいちどは、制服を着て登校した。Hも、またその新聞社の知人も、来年の卒業を、美しく信じていた。私は、せっぱ詰《つ》まった。来る日も来る日も、真黒だった。私は、悪人でない！人を欺く事は、地獄《じごく》である。やがて、天沼一丁目。三丁目は通勤に不便のゆえを以て、知人は、そのとしの春に、一丁目の市場の裏に居を移した。荻窪駅の近くである。誘《さそ》われて私たちも一緒《いっしょ》について行き、その家の二階の部屋を借りた。私は毎夜、眠《ねむ》られなかった。安い酒を飲んだ。痰《たん》が、やたらに出た。病気かも知れぬと思うのだが、私は、それどころでは無かった。早く、あの、紙袋の中の作品集を纏《まと》めあげたかった。身勝手な、いい気な考えであろうが、私はそれを、皆《みな》へのお詫《わ》びとして残したかった。私に出来る精一ぱいの事であった。そのとしの晩秋に、私は、どうやら書き上げた。二十数篇《へん》の中、十四篇だけを選び出し、あとの作品は、書き損じの原稿《げんこう》と共に焼き捨てた。行李《こうり》一杯《ぱい》ぶんは充分《じゅうぶん》にあった。庭に持ち出して、きれいに燃やした。

「ね、なぜ焼いたの。」Hは、その夜、ふっと言い出した。

「要《い》らなくなったから。」私は微笑《びしょう》して答えた。

「なぜ焼いたの。」同じ言葉を繰《く》り返した。泣いていた。

私は身のまわりの整理をはじめた。人から借りていた書籍《しょせき》はそれぞれ返《へん》却《きゃく》し、手紙やノートも、屑屋《くずや》に売った。「晩年」の袋の中には、別に書状を二通こっそり入れて置いた。準備が出来た様子である。私は毎夜、安い酒を飲みに出かけた。Hと顔を合わせて居るのが、恐しかったのである。そのころ、或《あ》る学友から、同人雑誌を出さぬかという相談を受けた。私は、半ばは、いい加減であった。「青い花」という名前だったら、やってもいいと答えた。冗談《じょうだん》から駒《こま》が出た。諸方から同志が名乗って出たのである。その中の二人と、私は急激に親しくなった。私は謂《い》わば青春の最後の情熱を、そこで燃やした。死ぬる前夜の乱舞《らんぶ》である。共に酔《よ》って、低能の学生たちを殴打《おうだ》した。穢《けが》れた女たちを肉親のように愛した。Hの簞笥《たんす》は、Hの知らぬ間に、からっぽになっていた。純文芸冊子「青い花」は、そのとしの十二月に出来た。たった一冊出て仲間は四散した。目的の無い異様な熱《ねっ》狂《きょう》に呆《あき》れたのである。あとには、私たち三人だけが残った。三馬鹿と言われた。けれども此《こ》の三人は生涯《しょうがい》の友人であった。私には、二人に教えられたものが多く在る。

あくる年、三月、そろそろまた卒業の季節である。私は、某《ぼう》新聞社の入社試験を受けたりしていた。同居の知人にも、またHにも、私は近づく卒業にいそいそしているように見せ掛《か》けたかった。新聞記者になって、一生平凡《へいぼん》に暮すのだ、と言って一家を明るく笑わせていた。どうせ露見《ろけん》する事なのに、一日でも一刻でも永く平和を持続させたくて、人を驚愕《きょうがく》させるのが何としても恐しくて、私は懸命《けんめい》に其《そ》の場かぎりの嘘《うそ》をつくのである。私は、いつでも、そうであった。そうして、せっぱつまって、死ぬ事を考える。結局は露見して、人を幾層倍も強く驚愕させ、激怒させるばかりであるのに、どうしても、その興覚めの現実を言い出し得ず、もう一刻、もう一刻と自ら虚偽《きょぎ》の地獄を深めている。もちろん新聞社などへ、はいるつもりも無かったし、また試験にパスする筈《はず》も無かった。完璧《かんぺき》の瞞着《まんちゃく》の陣地《じんち》も、今は破れかけた。死ぬ時が来た、と思った。私は、三月中旬《ちゅうじゅん》、ひとりで鎌倉へ行った。昭和十年である。私は鎌倉の山で縊死《いし》を企《くわだ》てた。

やはり鎌倉の、海に飛び込んで騒《さわ》ぎを起してから、五年目の事である。私は泳げるので、海で死ぬのは、むずかしかった。私は、かねて確実と聞いていた縊死を選んだ。けれども私は、再び、ぶざまな失敗をした。息を、吹《ふ》き返したのである。私の首は、人並はずれて太いのかも知れない。首筋が赤く爛《ただ》れたままの姿で、私は、ぼんやり天沼の家に帰った。

自分の運命を自分で規定しようとして失敗した。ふらふら帰宅すると、見知らぬ不思議な世界が開かれていた。Hは、玄関《げんかん》で私の背筋をそっと撫《な》でた。他《ほか》の人も皆《みな》、よかった、よかったと言って、私を、いたわってくれた。人生の優《やさ》しさに私は呆然《ぼうぜん》とした。長兄も、田舎から駈《か》けつけて来ていた。私は長兄に厳しく罵倒《ばとう》されたけれども、その兄が懐《なつか》しくて、慕《した》わしくて、ならなかった。私は、生まれてはじめてと言っていいくらいの不思議な感情ばかりを味わった。

思いも設けなかった運命が、すぐ続いて展開した。それから数日後、私は劇烈《げきれつ》な腹痛に襲《おそ》われたのである。私は一昼夜眠らずに怺《こら》えた。湯たんぽで腹部を温めた。気が遠くなりかけて、医者を呼んだ。私は蒲団《ふとん》のままで寝台車《しんだいしゃ》に乗せられ、阿佐ヶ谷《あさがや》の外科病院に運ばれた。すぐに手術された。盲腸炎《もうちょうえん》である。医者に見せるのが遅《おそ》かった上に、湯たんぽで温めたのが悪かった。腹膜《ふくまく》に膿《うみ》が流出していて、困難な手術になった。手術して二日目に、咽喉《のど》から血塊《けっかい》がいくらでも出た。前からの胸部の病気が、急に表面にあらわれて来たのであった。私は、虫の息になった。医者にさえはっきり見放されたけれども、悪業《あくごう》の深い私は、少しずつ恢復《かいふく》して来た。一箇月《かげつ》たって腹部の傷口だけは癒着《ゆちゃく》した。けれども私は伝染病患者《でんせんびょうかんじゃ》として、世田谷《せたがや》区・経堂《きょうどう》の内科病院に移された。Hは、絶えず私の傍《そば》に附《つ》いていた。ベエゼしてもならぬと、お医者に言われました、と笑って私に教えた。その病院の院長は、長兄《ちょうけい》の友人であった。私は特別に大事にされた。広い病室を二つ借りて家財道具全部を持ち込み、病院に移住してしまった。五月、六月、七月、そろそろ藪蚊《やぶか》が出て来て病室に白い蚊帳《かや》を吊《つ》りはじめたころ、私は院長の指図で、千葉県船橋《ふなばし》町に転地した。海岸である。町はずれに、新築の家を借りて住んだ。転地保養の意味であったのだが、ここも、私の為《ため》に悪かった。地獄の大動乱がはじまった。私は、阿佐ケ谷の外科病院にいた時から、いまわしい悪癖《あくへき》に馴染《なじ》んでいた。麻痺《まひ》剤の使用である。はじめは医者も私の患部の苦痛を鎮《しず》める為に、朝夕ガアゼの詰《つ》めかえの時にそれを使用したのであったが、やがて私は、その薬品に拠《よ》らなければ眠れなくなった。私は不眠《ふみん》の苦痛には極度にもろかった。私は毎夜、医者にたのんだ。ここの医者は、私のからだを見放していた。私の願いを、いつでも優しく聞き容《い》れてくれた。内科病院に移ってからも、私は院長に執拗《しつよう》にたのんだ。院長は三度に一度くらいは渋々《しぶしぶ》応じた。もはや、肉体の為では無くて、自分の慚愧《ざんき》、焦躁《しょうそう》を消す為に、医者に求めるようになっていたのである。私には侘《わび》しさを怺える力が無かった。船橋に移ってからは町の医院に行き、自分の不眠と中毒症状を訴《うった》えて、その薬品を強要した。のちには、その気の弱い町医者に無理矢理、証明書を書かせて、町の薬屋から直接に薬品を購入《こうにゅう》した。気が附くと、私は陰惨《いんさん》な中毒患者になっていた。たちまち、金につまった。私は、その頃《ころ》、毎月九十円の生活費を、長兄から貰《もら》っていた。それ以上の臨時の入費に就《つ》いては、長兄も流石に拒否《きょひ》した。当然の事であった。私は、兄の愛情に報《むく》いようとする努力を何一つ、していない。身勝手に、命をいじくり廻《まわ》してばかりいる。そのとしの秋以来、時たま東京の街に現れる私の姿は、既《すで》に薄穢《うすぎたな》い半狂人であった。その時期の、様々の情ない自分の姿を、私は、みんな知っている。忘れられない。私は、日本一の陋劣《ろうれつ》な青年になっていた。十円、二十円の金を借りに、東京へ出て来るのである。雑誌社の編輯員《へんしゅういん》の面前で、泣いてしまった事もある。あまり執拗《しつこ》くたのんで編輯員に呶鳴《どな》られた事もある。その頃は、私の原稿も、少しは金になる可能性があったのである。私が阿佐ケ谷の病院や、経堂の病院に寝《ね》ている間に、友人達の奔走《ほんそう》に依《よ》り、私の、あの紙袋の中の「遺書」は二つ三つ、いい雑誌に発表せられ、その反響《はんきよう》として起った罵倒《ばとう》の言葉も、また支持の言葉も、共に私には強烈《きようれつ》すぎて狼狽《ろうばい》、不安の為に逆上して、薬品中毒は一層すすみ、あれこれ苦しさの余り、のこのこ雑誌社に出掛けては編輯員または社長にまで面会を求めて、原稿料の前借をねだるのである。自分の苦悩《くのう》に狂《くる》いすぎて、他の人もまた精一ぱいで生きているのだという当然の事実に気附かなかった。あの紙袋の中の作品も、一篇残さず売り払《はら》ってしまった。もう何も売るものが無い。すぐには作品も出来なかった。既に材料が枯渇《こかつ》して、何も書けなくなっていた。その頃の文壇《ぶんだん》は私を指さして、「才あって徳なし。」と評していたが、私自身は、「徳の芽あれども才なし。」であると信じていた。私には所謂《いわゆる》、文才というものは無い。からだごと、ぶっつけて行くより、てを知らなかった。野暮天《やぼてん》である。一宿一飯の恩義などという固苦しい道徳に悪くこだわって、やり切れなくなり、逆にやけくそに破廉恥《はれんち》ばかり働く類である。私は厳しい保守的な家に育った。借銭は、最悪の罪であった。借銭から、のがれようとして、更《さら》に大きい借銭を作った。あの薬品の中毒をも、借銭の慚愧《ざんき》を消すために、もっともっと、と自ら強くした。薬屋への支払いは、増大する一方である。私は白昼の銀座をめそめそ泣きながら歩いた事もある。金が欲しかった。私は二十人ちかくの人から、まるで奪《うば》い取るように金を借りてしまった。死ねなかった。その借銭を、きれいに返してしまってから、死にたく思っていた。

私は、人から相手にされなくなった。船橋へ転地して一箇年経《た》って、昭和十一年の秋に私は自動車に乗せられ、東京、板橋《いたばし》区の或る病院に運び込まれた。一夜眠って、眼《め》が覚めてみると、私は脳病院の一室にいた。

一箇月そこで暮して、秋晴れの日の午後、やっと退院を許された。私は、迎《むか》えに来ていたHと二人で自動車に乗った。

一箇月振《ぶ》りで逢《あ》ったわけだが、二人とも、黙《だま》っていた。自動車が走り出して、しばらくしてからHが口を開いた。

「もう薬は、やめるんだね。」怒《おこ》っている口調であった。

「僕は、これから信じないんだ。」私は病院で覚えて来た唯一《ゆいいつ》の事を言った。

「そう。」現実家のHは、私の言葉を何か金銭的な意味に解したらしく、深く首肯《うなず》いて、「人は、あてになりませんよ。」

「おまえの事も信じないんだよ。」

Hは気まずそうな顔をした。

船橋の家は、私の入院中に廃止《はいし》せられて、Hは杉並区・天沼三丁目のアパートの一室に住んでいた。私は、そこに落ちついた。二つの雑誌社から、原稿《げんこう》の注文が来ていた。すぐに、その退院の夜から、私は書きはじめた。二つの小説を書き上げ、その原稿料を持って、熱海《あたみ》に出かけ、一箇月間、節度も無く酒を飲んだ。この後どうしていいか、わからなかった。長兄からは、もう三年間、月々の生活費をもらえる事になっていたが、入院前の山ほどの負債《ふさい》は、そのままに残っていた。熱海で、いい小説を書き、それで出来たお金でもって、目前の最も気がかりな負債だけでも返そうという計画も、私には在ったのであるが、小説を書くどころか、私は自分の周囲の荒涼《こうりょう》に堪《た》えかねて、ただ、酒を飲んでばかりいた。つくづく自分を、駄《だ》目《め》な男だと思った。熱海では、かえって私は、さらに借銭を、ふやしてしまった。何をしても、だめである。私は、完全に敗れた様子であった。

私は天沼のアパートに帰り、あらゆる望みを放棄《ほうき》した薄《うす》よごれた肉体を、ごろりと横たえた。私は、はや二十九歳であった。何も無かった。私には、どてら一枚。Hも、着たきりであった。もう、この辺が、どん底というものであろうと思った。長兄からの月々の仕送りに縋《すが》って、虫のように黙って暮した。

けれども、まだまだ、それは、どん底ではなかった。そのとしの早春に、私は或《あ》る洋画家から思いも設けなかった意外の相談を受けたのである。ごく親しい友人であった。私は話を聞いて、窒息《ちっそく》しそうになった。Hが既《すで》に哀《かな》しい間違《まちが》いを、していたのである。あの、不吉な病院から出た時、自動車の中で、私の何でも無い抽象的《ちゅうしょうてき》な放言に、ひどくどぎまぎしたHの様子がふっと思い出された。私はHに苦労をかけて来たが、けれども、生きて在る限りはHと共に暮して行くつもりでいたのだ。私の愛情の表現は拙《つたな》いから、Hも、また洋画家も、それに気が附いてくれなかったのである。相談を受けても、私には、どうする事も出来なかった。私は、誰《だれ》にも傷をつけたく無いと思った。三人の中では、私が一番の年長者であった。私だけでも落ちついて、立派な指図をしたいと思ったのだが、やはり私は、あまりの事に顚倒《てんとう》し、狼狽《ろうばい》し、おろおろしてしまって、かえってHたちに軽蔑《けいべつ》されたくらいであった。何も出来なかった。そのうちに洋画家は、だんだん逃腰《にげごし》になった。私は、苦しい中でも、Hを不憫《ふびん》に思った。Hは、もう、死ぬるつもりでいるらしかった。どうにも、やり切れなくなった時に、私も死ぬ事を考える。二人で一緒《いっしょ》に死のう。神さまだって、ゆるしてくれる。

私たちは、仲の良い兄妹《きょうだい》のように、旅に出た。水上《みなかみ》温泉。その夜、二人は山で自殺を行った。Hを死なせては、ならぬと思った。私は、その事に努力した。Hは、生きた。私も見事に失敗した。薬品を用いたのである。

私たちは、とうとう別れた。Hを此《こ》の上ひきとめる勇気が私に無かった。捨てたと言われてもよい。人道主義とやらの虚勢《きょせい》で、我慢《がまん》を装《よそお》ってみても、その後の日々の醜悪《しゅうあく》な地獄《じごく》が明確に見えているような気がした。Hは、ひとりで田舎《いなか》の母親の許《もと》へ帰って行った。洋画家の消息は、わからなかった。私は、ひとりアパートに残って自炊《じすい》の生活をはじめた。焼酎《しょうちゅう》を飲む事を覚えた。歯がぼろぼろに欠けて来た。私は、いやしい顔になった。私は、アパートの近くの下宿に移った。最下等の下宿屋であった。私は、それが自分に、ふさわしいと思った。これが、この世の見おさめと、門辺《かどべ》に立てば月かげや、枯野《かれの》は走り、松は佇《たたず》む。私は、下宿の四畳半で、ひとりで酒を飲み、酔《よ》っては下宿を出て、下宿の門柱に寄りかかり、そんな出鱈目《でたらめ》な歌を、小声で呟《つぶや》いている事が多かった。二、三の共に離《はな》れがたい親友の他《ほか》には、誰も私を相手にしなかった。私が世の中から、どんなに見られているのか、少しずつ私にも、わかって来た。私は無智《むち》驕慢《きょうまん》の無頼漢《ぶらいかん》、または白痴《はくち》、または下等狡猾《こうかつ》の好色漢、にせ天才の詐欺《さぎ》師、ぜいたく三昧《ざんまい》の暮しをして、金につまると狂言《きょうげん》自殺をして田舎の親たちを、おどかす。貞淑《ていしゅく》の妻を、犬か猫《ねこ》のように虐待《ぎゃくたい》して、とうとう之《これ》を追い出した。その他、様々の伝説が嘲笑《ちょうしょう》、嫌悪《けんお》憤怒《ふんぬ》を以《もっ》て世人に語られ、私は全く葬《ほうむ》り去られ、廃人の待遇《たいぐう》を受けていたのである。私は、それに気が附《つ》き、下宿から一歩も外に出たくなくなった。酒の無い夜は、塩せんべいを齧《かじ》りながら探偵《たんてい》小説を読むのが、幽《かす》かに楽しかった。雑誌社からも新聞社からも、原稿の注文は何も無い。また何も書きたくなかった。書けなかった。けれども、あの病気中の借銭に就いては、誰もそれを催促《さいそく》する人は無かったが、私は夜の夢の中でさえ苦しんだ。私は、もう三十歳になっていた。

何の転機で、そうなったろう。私は、生きなければならぬと思った。故郷の家の不幸が、私にその当然の力を与《あた》えたのか。長兄《ちょうけい》が代議士に当選して、その直後に選挙違犯《いはん》で起訴《きそ》された。私は、長兄の厳しい人格を畏敬《いけい》している。周囲に悪い者がいたのに違《ちが》いない。姉が死んだ。甥《おい》が死んだ。従弟《いとこ》が死んだ。私は、それらを風聞に依《よ》って知った。早くから、故郷の人たちとは、すべて音信不通になっていたのである。相続く故郷の不幸が、寝《ね》そべっている私の上半身を、少しずつ起してくれた。私は、故郷の家の大きさに、はにかんでいたのだ。金持の子というハンデキャップに、やけくそを起していたのだ。不当に恵まれているという、いやな恐怖感《きょうふ》が、幼時から、私を卑屈《ひくつ》にし、厭世《えんせい》的にしていた。金持の子供は金持の子供らしく大地獄《じごく》に落ちなければならぬという信仰《しんこう》を持っていた。逃《に》げるのは卑怯《ひきょう》だ。立派に、悪業《あくごう》の子として死にたいと努めた。けれども、一夜、気が附いてみると、私は金持の子供どころか、着て出る着物さえ無い賤民《せんみん》であった。故郷からの仕送りの金も、ことし一年で切れる筈《はず》だ。既《すで》に戸籍《こせき》は、分けられて在る。しかも私の生まれて育った故郷の家も、いまは不仕合わせの底にある。もはや、私には人に恐縮しなければならぬような生得の特権が、何も無い。かえって、マイナスだけである。その自覚と、もう一つ。下宿の一室に、死ぬる気魄《きはく》も失って寝ころんでいる間に、私のからだが不思議にめきめき頑健《がんけん》になって来たという事実をも、大いに重要な一因として挙げなければならぬ。なお又《また》、年齢《ねんれい》、戦争、歴史観の動揺《どうよう》、怠惰《たいだ》への嫌《けん》悪《お》、文学への謙虚《けんきょ》、神は在る、などといろいろ挙げる事も出来るであろうが、人の転機の説明は、どうも何だか空々しい。その説明が、ぎりぎりに正確を期したものであっても、それでも必ずどこかに嘘《うそ》の間隙《かんげき》が匂《にお》っているものだ。人は、いつも、こう考えたり、そう思ったりして行路を選んでいるものでは無いからでもあろう。多くの場合、人はいつのまにか、ちがう野原を歩いている。

私は、その三十歳の初夏、はじめて本気に、文筆生活を志願した。思えば、晩《おそ》い志願であった。私は下宿の、何一つ道具らしい物の無い四畳半の部屋で、懸命《けんめい》に書いた。下宿の夕飯がお櫃《ひつ》に残れば、それでこっそり握《にぎ》りめしを作って置いて深夜の仕事の空腹に備えた。こんどは、遺書として書くのではなかった。生きて行く為《ため》に、書いたのだ。一先輩《せんぱい》は、私を励《はげ》ましてくれた。世人がこぞって私を憎《にく》み嘲笑《ちようしよう》していても、その先輩作家だけは、始終かわらず私の人間をひそかに支持して下さった。私は、その貴《とうと》い信頼《しんらい》にも報《むく》いなければならぬ。やがて、「姥捨《うばすて》」という作品が出来た。Hと水上温泉へ死にに行った時の事を、正直に書いた。之は、すぐに売れた。忘れずに、私の作品を待っていてくれた編輯者《へんしゆうしや》が一人あったのである。私はその原稿料を、むだに使わず、まず質屋《しちや》から、よそ行きの着物を一まい受け出し、着飾《きかざ》って旅に出た。甲州《こうしゆう》の山である。さらに思いをあらたにして、長い小説にとりかかるつもりであった。甲州には、満一箇年《かねん》いた。長い小説は完成しなかったが、短篇《たんぺん》は十以上、発表した。諸方から支持の声を聞いた。文壇《ぶんだん》を有りがたい所だと思った。一生そこで暮し得る者は、さいわいなる哉《かな》と思った。翌年《よくとし》、昭和十四年の正月に、私は、あの先輩のお世話で平凡《へいぼん》な見合い結婚《けっこん》をした。いや、平凡では無かった。私は無一文で婚礼の式を挙げたのである。甲府《こうふ》市のまちはずれに、二部屋だけの小さい家を借りて、私たちは住んだ。その家の家賃は、一箇月六円五十銭であった。私は創作集を、つづけて二冊出版した。わずかに余裕《よゆう》が出来た。私は気がかりの借銭を少しずつ整理したが、之は中々《なかなか》の事業であった。そのとしの初秋に東京市外、三鷹《みたか》町に移住した。もはや、ここは東京市ではない。私の東京市の生活は、荻窪の下宿から、かばん一つ持って甲州に出かけた時に、もう中断されてしまっていたのである。

私は、いまは一箇の原稿《げんこう》生活者である。旅に出ても宿帳には、こだわらず、文筆業と書いている。苦しさは在っても、めったに言わない。以前にまさる苦しさは在っても私は微笑《びしょう》を装《よそお》っている。ばか共は、私を俗化《ぞくか》したと言っている。毎日、武蔵野《むさしの》の夕陽《ゆうひ》は、大きい。ぶるぶる煮《に》えたぎって落ちている。私は、夕陽の見える三畳間《じょうま》にあぐらをかいて、侘《わび》しい食事をしながら妻に言った。「僕は、こんな男だから出世も出来ないし、お金持にもならない。けれども、この家一つは何とかして守って行くつもりだ。」その時に、ふと東京八景を思いついたのである。過去が、走馬灯のように胸の中で廻《まわ》った。

ここは東京市外ではあるが、すぐ近くの井《い》の頭《かしら》公園も、東京名所の一つに数えられているのだから、此の武蔵野の夕陽を東京八景の中に加入させたって、差支《さしつか》え無い。あと七景を決定しようと、私は自分の、胸の中のアルバムを繰《く》ってみた。併《しか》しこの場合、芸術になるのは、東京の風景でなかった。風景の中の私であった。芸術が私を欺《あざむ》いたのか。私が芸術を欺いたのか。結論。芸術は、私である。

戸塚の梅雨《つゆ》。本郷《ほんごう》の黄昏《たそがれ》。神田の祭礼。柏木の初雪。八丁堀の花火。芝の満月。天沼の蜩《ひぐらし》。銀座の稲妻《いなずま》。板橋脳病院のコスモス。荻窪の朝霧《あさぎり》。武蔵野の夕陽。思い出の暗い花が、ぱらぱら躍《おど》って、整理は至難《しなん》であった。また、無理にこさえて八景にまとめるのも、げびた事だと思った。そのうちに私は、この春と夏、更《さら》に二景を見つけてしまったのである。

ことし四月四日に私は小石川《こいしかわ》の大先輩、Sさんを訪《おとず》れた。Sさんには、私は五年前の病気の時に、ずいぶん御心配《ごしんぱい》をおかけした。ついには、ひどく叱《しか》られ、破門のようになっていたのであるが、ことしの正月には御年始《おねんし》に行き、お詫《わ》びとお礼を申し上げた。それから、ずっとまた御無沙汰《ごぶさた》して、その日は、親友の著書の出版記念会の発起《ほっき》人になってもらいに、あがったのである。御在宅であった。願いを聞きいれていただき、それから画《え》のお話や、芥川龍之介《あくたがわりゅうのすけ》の文学に就《つ》いてのお話などを伺《うかが》った。「僕は君には意地悪くして来たような気もするが、今になってみると、かえってそれが良い結果になったようで、僕は嬉《うれ》しいと思っているのだ。」れいの重い口調で、そうも言われた。自動車で一緒《いっしょ》に上野に出かけた。美術館で洋画の展覧会を見た。つまらない画が多かった。私は一枚の画の前で立ちどまった。やがてSさんも傍《そば》へ来られて、その画に、ずっと顔を近づけ、

「あまいね。」と無心に言われた。

「だめです。」私も、はっきり言った。

Hの、あの洋画家の画であった。

美術館を出て、それから茅場町《かやばちょう》で「美しき争い」という映画の試写を一

緒に見せていただき、後に銀座へ出てお茶を飲み一日あそんだ。夕方になって、Sさんは新橋《しんばし》駅からバスで帰ると言われるので、私も新橋駅まで一緒に歩いた。途中《とちゅう》で私は、東京八景の計画をSさんにお聞かせした。

「さすがに、武蔵野の夕陽は大きいですよ。」

Sさんは新橋駅前の橋の上で立ちどまり、

「画になるね。」と低い声で言って、銀座の橋のほうを指さした。

「はあ。」私も立ちどまって、眺《なが》めた。

「画になるね。」重ねて、ひとりごとのようにして、おっしゃった。

眺められている風景よりも、眺めているSさんと、その破門の悪い弟子《でし》の姿を、私は東京八景の一つに編入しようと思った。

それから、ふたつきほど経《た》って私は、更に明るい一景を得た。某日《ぼうじつ》、妻の妹から、「いよいよTが明日出発する事になりました。芝《しば》公園で、ちょっと面会出来るそうです。明朝九時に、芝公園へ来て下さい。兄上からTへ、私の気持を、うまく伝えてやって下さい。私は、ばかですから、Tには何も言ってないのです。」という速達が来たのである。妹は二十二歳であるが、柄《がら》が小さいから子供のように見える。昨年、T君と見合いをして約婚したけれども、結納《ゆいのう》の直後にT君は応召《おうしょう》になって東京の或《あ》る連隊にはいった。私も、いちど軍服のT君と逢《あ》って三十分ほど話をした事がある。はきはきした、上品な青年であった。明日いよいよ戦地へ出発する事になった様子である。その速達が来てから、二時間も経たぬうちに、また妹から速達が来た。それには、「よく考えてみましたら、先刻のお願いは、蓮《はす》っ葉《ぱ》な事だと気が附《つ》きました。Tには何もおっしゃらなくてもいいのです。ただ、お見送りだけ、して下さい。」と書いてあったので私も、妻も噴《ふ》き出した。ひとりで、てんてこ舞《ま》いしている様が、よくわかるのである。妹は、その二、三日前から、T君の両親の家に手伝いに行っていたのである。

翌朝、私たちは早く起きて芝公園に出かけた。増上寺《ぞうじょうじ》の境内《けいだい》に、大勢の見送り人が集っていた。カアキ色の団服を着ていそがしげに群集を掻《か》きわけて歩き廻《まわ》っている老人を、つかまえて尋《たず》ねると、T君の部隊は、山門の前にちょっと立ち寄り、五分間休憩《きゅうけい》して、すぐにまた出発、という答えであった。私たちは境内から出て、山門の前に立ち、T君の部隊の到着《とうちゃく》を待った。やがて妹も小さい旗を持って、T君の両親と一緒にやって来た。私は、T君の両親とは初対面である。まだはっきり親戚《しんせき》になったわけでもなし、社交下手の私は、ろくに挨拶《あいさつ》もしなかった。軽く目礼しただけで、

「どうだ。落ちついているか？」と妹のほうに話しかけた。

「なんでもないさ。」妹は、陽気に笑って見せた。

「どうして、こうなんでしょう。」妻は顔をしかめた。「そんなに、げらげら笑って。」

T君の見送り人は、ひどく多かった。T君の名前を書き記した大きい幟《のぼり》が、六本も山門の前に立ちならんだ。T君の家の工場で働いている職工さん、女工さんたちも、工場を休んで見送りに来た。私は皆《みな》から離《はな》れて、山門の端《はし》のほうに立った。ひがんでいたのである。T君の家は、金持だ。私は、歯も欠けて、服装もだらしない。袴《はかま》もはいていなければ、帽子《ぼうし》さえか

ぶっていない。貧乏《びんぼう》文士だ。息子《むすこ》の許嫁《いいなずけ》の薄穢《うすぎたな》い身内が来た、とT君の両親たちは思っているにちがいない。妹が私のほうに話しに来ても、「おまえは、きょうは大事な役なのだから、お父さんの傍《そば》に附いていなさい。」と言って追いやった。T君の部隊は、なかなか来なかった。十時、十一時、十二時になっても来なかった。女学校の修学旅行の団体が、遊覧バスに乗って、幾組《いくくみ》も目の前を通る。バスの扉《とびら》に、その女学校の名前を書いた紙片が貼《は》りつけられて在る。故郷の女学校の名もあった。長兄《ちょうけい》の長女も、その女学校にはいっている筈《はず》である。乗っているのかも知れない。この東京名所の増上寺山門の前に、ばかな叔父《おじ》が、のっそり立っているさまを、叔父とも知らず無心に眺《なが》めて通ったのかも知れない等と思った。二十台ほど、絶えては続き山門の前を通り、バスの女車掌《しゃしょう》がその度毎《たびごと》に、ちょうど私を指さして何か説明をはじめるのである。はじめは平気を装《よそお》っていたが、おしまいには、私もポオズをつけてみたりなどした。バルザック像のようにゆったりと腕組《うでぐ》みした。すると、私自身が、東京名所の一つになってしまったような気さえして来たのである。一時ちかくなって、来た、来たという叫《さけ》びが起って、間もなく兵隊を満載《まんさい》したトラックが山門前に到着した。T君は、ダットサン運転の技術を体得していたので、そのトラックの運転台に乗っていた。私は、人ごみのうしろから、ぼんやり眺めていた。

「兄さん。」いつの間にか私の傍に来ていた妹が、そう小声で言って、私の背中を強く押した。気を取り直して、見ると、運転台から降りたT君は、群集の一ばんうしろに立っている私を、いち早く見つけた様子で挙手の礼をしているのである。私は、それでも一瞬《いっしゅん》疑って、あたりを見廻し躊躇《ちゅうちょ》したが、やはり私に礼をしているのに違《ちが》いなかった。私は決意して群集を掻《か》きわけ、妹と一緒にT君の面前まで進んだ。

「あとの事は心配ないんだ。妹は、こんなばかですが、でも女の一ばん大事な心掛《こころが》けは知っている筈なんだ。少しも心配ないんだ。私たち皆《みな》で引き受けます。」私は、珍《めずら》しく、ちっとも笑わずに言った。妹の顔を見ると、これもやや仰向《あおむき》になって緊張《きんちょう》している。T君は、少し顔を赤らめ、黙《だま》ってまた挙手の礼をした。

「あと、おまえから言うこと無いか？」こんどは私も笑って、妹に尋ねた。

妹は、

「もう、いい。」と顔を伏《ふ》せて言った。

すぐ出発の号令が下った。私は再び人ごみの中にこそこそ隠《かく》れて行ったが、やはり妹に背中を押されて、こんどは運転台の下まで進出してしまった。その辺には、T君の両親が立っているだけである。

「安心して行って来給《きたま》え。」私は大きい声で言った。T君の厳父は、ふと振《ふ》り返って私の顔を見た。ばかに出しゃばる、こいつは何者という不機嫌《ふきげん》の色が、その厳父の眼《め》つきに、ちらと見えた。けれども私は、その時は、たじろがなかった。人間のプライドの窮極《きゅうきょく》の立脚点《りっきゃくてん》は、あれにも、これにも死ぬほど苦しんだ事があります、と言い切れる自覚ではないか。私は丙《へい》種《しゅ》合格で、しかも貧乏だが、いまは遠慮《えんりょ》する事は無い。東京名所は、更に大きい声で、

「あとは、心配ないぞ！」と叫んだ。これからT君と妹との結婚《けっこん》の事で、万一むずかしい場合が惹起《じゃっき》したところで、私は世間体《せけんてい》などに構わぬ無法者だ、必ず二人の最後の力になってやれると思った。

増上寺山門の一景を得て、私は自分の作品の構想も、いまや十分に弓を、満月の如《ごと》くきりりと引きしぼったような気がした。それから数日後、東京市の大地図と、ペン、インク、原稿用紙を持って、いさんで伊豆に旅立った。伊豆の温泉宿に到着してからは、どんな事になったか。旅立ってから、もう十日も経つけれど、まだ、あの温泉宿に居るようである。何をしている事やら。

本書は、平成一九年六月に小社より刊行した『走れメロス』を底本に再編集したものです。なお本文中には、下賤、めくらめっぽう、気が狂った、乞食、めくら、半狂乱、低能、半狂人、白痴、廃人、賤民など、今日の人権擁護の見地に照らして使うべきではない語句や、不適切な表現があります。しかしながら、作品全体を通じて差別を助長する意図はなく、執筆当時の時代背景や社会世相、また著者が故人であることを考慮の上、原文のままとしました。

（編集部）

100分間《ぶんかん》で楽《たの》しむ名作小説《めいさくしょうせつ》

走《はし》れメロス

太宰《だざい》 治《おさむ》

令和６年 ３月25日　初版発行

発行者●山下直久

発行●株式会社KADOKAWA
〒102-8177　東京都千代田区富士見2-13-3
電話　0570-002-301（ナビダイヤル）

角川文庫 24082

印刷所●株式会社暁印刷
製本所●本間製本株式会社

表紙画●和田三造

●お問い合わせ
https://www.kadokawa.co.jp/（「お問い合わせ」へお進みください）
※内容によっては、お答えできない場合があります。
※サポートは日本国内のみとさせていただきます。
※Japanese text only

Printed in Japan
ISBN 978-4-04-114813-6　C0193

◇◇◇

角川文庫発刊に際して

角川源義

第二次世界大戦の敗北は、軍事力の敗北であった以上に、私たちの若い文化力の敗退であった。私たちの文化が戦争に対して如何に無力であり、単なるあだ花に過ぎなかったかを、私たちは身を以て体験し痛感した。西洋近代文化の摂取にとって、明治以後八十年の歳月は決して短かすぎたとは言えない。にもかかわらず、近代文化の伝統を確立し、自由な批判と柔軟な良識に富む文化層として自らを形成することに私たちは失敗して来た。そしてこれは、各層への文化の普及滲透を任務とする出版人の責任でもあった。

一九四五年以来、私たちは再び振出しに戻り、第一歩から踏み出すことを余儀なくされた。これは大きな不幸ではあるが、反面、これまでの混沌・未熟・歪曲の中にあった我が国の文化に秩序と確たる基礎を齎らすためには絶好の機会でもある。角川書店は、このような祖国の文化的危機にあたり、微力をも顧みず再建の礎石たるべき抱負と決意とをもって出発したが、ここに創立以来の念願を果すべく角川文庫を発刊する。これまで刊行されたあらゆる全集叢書文庫類の長所と短所とを検討し、古今東西の不朽の典籍を、良心的編集のもとに、廉価に、そして書架にふさわしい美本として、多くのひとびとに提供しようとする。しかし私たちは徒らに百科全書的な知識のジレッタントを作ることを目的とせず、あくまで祖国の文化に秩序と再建への道を示し、この文庫を角川書店の栄ある事業として、今後永久に継続発展せしめ、学芸と教養との殿堂として大成せんことを期したい。多くの読書子の愛情ある忠言と支持とによって、この希望と抱負とを完遂せしめられんことを願う。

一九四九年五月三日

角川文庫ベストセラー

晩年　太宰　治

自殺を前提に遺書のつもりで名付けた、第一創作集。"撰ばれてあることの　恍惚と不安と　二つわれにあり"というヴェルレエヌのエピグラフで始まる「葉」、少年時代を感受性豊かに描いた「思い出」など15篇。

女生徒　太宰　治

「幸福は一夜おくれて来る。幸福は――」多感な女生徒の一日を描いた「女生徒」、情死した夫を引き取りに行く妻を描いた「おさん」など、女性の告白体小説の手法で書かれた14篇を収録。

斜陽　太宰　治

没落貴族のかず子は、華麗に滅ぶべく道ならぬ恋に溺れていく。最後の貴婦人である母と、麻薬に溺れ破滅する弟・直治、無頼な生活を送る小説家・上原。戦後の混乱の中を生きる4人の滅びの美を描く。

人間失格　太宰　治

無頼の生活に明け暮れた太宰自身の苦悩を描く内的自叙伝であり、太宰文学の代表作である「人間失格」と、家族の幸福を願いながら、自らの手で崩壊させる苦悩を描き、命日の由来にもなった「桜桃」を収録。

ヴィヨンの妻　太宰　治

死の前日までに13回分で中絶した未完の絶筆である表題作をはじめ、結核療養所で過ごす20歳の青年の手紙に自己を仮託した「パンドラの匣」、「眉山」など著者が最後に光芒を放った五篇を収録。

角川文庫ベストセラー

三四郎　夏目漱石

大学進学のため熊本から上京した小川三四郎にとって、見るもの聞くもの驚きの連続だった。女心も分からず、思い通りにはいかない。青年の不安と孤独、将来への夢を、学問と恋愛の中に描いた前期三部作第1作。

それから　夏目漱石

友人の平岡に譲ったかつての恋人、三千代への、長井代助の愛は深まる一方だった。そして平岡夫妻に亀裂が生じていることを知る。道徳的批判を超え個人主義的正義に行動する知識人を描いた前期三部作の第2作。

門　夏目漱石

かつての親友の妻とひっそり暮らす宗助。他人の犠牲の上に勝利した愛は、罪の苦しみに変わっていた。宗助は禅寺の山門をたたき、安心と悟りを得ようとするが。求道者としての漱石の面目を示す前期三部作終曲。

こころ　夏目漱石

遺書には、先生の過去が綴られていた。のちに妻とする下宿先のお嬢さんをめぐる、親友Kとの秘密だった。死に至る過程と、エゴイズム、世代意識を扱った、後期三部作の終曲にして、漱石文学の絶頂をなす作品。

明暗　夏目漱石

幸せな新婚生活を送っているかに見える津田とお延。だが、津田の元婚約者の存在が夫婦の生活に影を落としはじめ、漠然とした不安を抱き――。複雑な人間模様を克明に描く、漱石の絶筆にして未完の大作。

角川文庫ベストセラー

道草　夏目漱石

肉親からの金の無心を断れない健三と、彼に嫌気がさす妻。金に囚われずには生きられない人間の悲哀と、意固地になりながらも、互いへの理解を諦めきれない夫婦の姿を克明に描き出した名作。

注文の多い料理店　宮沢賢治

二人の紳士が訪れた山奥の料理店「山猫軒」。扉を開けると、「当軒は注文の多い料理店です」の注意書きが。岩手県花巻の畑や森、その神秘のなかで育まれた九つの物語からなる童話集を、当時の挿絵付きで。

セロ弾きのゴーシュ　宮沢賢治

楽団のお荷物のセロ弾き、ゴーシュ。彼のもとに夜ごと動物たちが訪れ、楽器を弾くように促す。鼠たちはゴーシュのセロで病気が治るという。表題作の他、「オツベルと象」「グスコーブドリの伝記」等11作収録。

新編 宮沢賢治詩集　編／中村 稔

亡くなった妹トシを悼む慟哭を綴った「永訣の朝」。自然の中で懊悩し、信仰と修羅にひき裂かれた賢治のほとばしる絶唱。名詩集『春と修羅』の他、ノート、手帳に書き留められた膨大な詩を厳選収録。

風の又三郎　宮沢賢治

谷川の岸にある小学校に転校してきたひとりの少年。その周りにはいつも不思議な風が巻き起こっていた――落ち着かない気持ちに襲われながら、少年にひかれてゆく子供たち。表題作他九編を収録。

角川文庫ベストセラー

蛙のゴム靴

宮沢賢治

宮沢賢治の、ちいさくてうつくしい世界が、新装版でよみがえる。森の生きものたちをみつめ、生きとし生けるすべてのいのちをたたえた、心あたたまる短編集。

今夜は眠れない

宮部みゆき

中学一年でサッカー部の僕、両親は結婚15年目、ごく普通の平和な我が家に、謎の人物が5億もの財産を母さんに遺贈したことで、生活が一変。家族の絆を取り戻すため、僕は親友の島崎と、真相究明に乗り出す。

夢にも思わない

宮部みゆき

秋の夜、下町の庭園での虫聞きの会で殺人事件が。殺されたのは僕の同級生のクドウさんの従妹だった。被害者への無責任な噂もあとをたたず、クドウさんも沈みがち。僕は親友の島崎と真相究明に乗り出した。

あやし

宮部みゆき

木綿問屋の大黒屋の跡取り、藤一郎に縁談が持ち上がったが、女中のおはるのお腹にその子供がいることが判明する。店を出されたおはるを、藤一郎の遣いで訪ねた小僧が見たものは……江戸のふしぎ噺9編。

お文《ふみ》の影

宮部みゆき

月光の下、影踏みをして遊ぶ子どもたちのなかにぽつんと女の子の影が現れる。影の正体と、その因縁とは。「ぼんくら」シリーズの政五郎親分とおでこの活躍する表題作をはじめとする、全6編のあやしの世界。

角川文庫ベストセラー